Franz Blei

Prinz Hypolit

Verone

Franz Blei

Prinz Hypolit

1st Edition | ISBN: 978-9-92500-061-6

Place of Publication: Nikosia, Cyprus

Erscheinungsjahr: 2015

TP Verone Publishing House Ltd.

Nachdruck des Originals von 1903.

Franz Blei

Prinz Hypolit

Verone

Dieses Buch wurde gedruckt in
der Spamerschen Buchdruckerei

.

Prinz Hypolit

und andere Essays
von Franz Blei

„Tous les rapports dont le style est composé sout autant de vérités aussi utiles et peutêtre plus précieuses pour l'esprit humain que celles qui peuvent faire le fond du sujet."

— Buffon —

Ὄμνυμι πάντας θεοὺς μὴ ἑλέσθαι ἂν τὴν βασιλέως ἀρχὴν ἀντὶ τοῦ καλὸς εἶναι.'

Wien, im Frühjahr 1902

Prinz Hypolit
Ein imaginäres Porträt

n dem Tage, da der Prinz sechzig Jahre alt geworden war, schrieb er einem Freunde, der ihm gratuliert hatte, zu einigen Dankworten auch dieses: „Als ich noch jung war, freute ich mich auf das Alter, darauf, dass dann doch so manches vorbei sein müsste, was die Jugend beschwerlich mache und man zu dieser geruhigen Einsicht in die Dinge des Lebens käme, die nicht tröstet, weil man keine schmerzenden Erfahrungen kennt, die aber wohlthut wie ein laues Bad nach einem heissen Jagdritt. Und wie sonderbar: nun, da ich alt werde, muss ich immer öfter meiner Jugend nachdenken und wie sich da voll verborgenen Sinnes alles fügte, was mir damals zumeist ohne Sinn und Bezug erschienen war. So will das ordnende Alter auch die vergangene Zeit ordnen, die doch in sicheren Keimen anlegte, was nun zu kurioser später Frucht gedieh." Prinz Hypolit war siebenzig als er ein Leben beschloss, von dem die Zeitungen in den kleinen Nekrologen nicht mehr zu sagen wussten, als

dass es das eines Sonderlings gewesen sei, wofür
man unter anderem auch dieses als Beweis erzählte, dass der alte Prinz im Winter den Paletot
verschmähte und dafür zwei Paar Beinkleider trug,
deren eines er sich vom Diener im Vorzimmer
ausziehen liess, wenn er zu Besuch kam. Wohl,
das Leben des Prinzen entbehrte jenes Reichtums
an äusseren Geschehnissen, welche die Freude des
populären Biographen sind, und doch war es in
seiner Art bedeutungsvoller und wirkungsreicher
als das vieler, auf deren Thaten und Katastrophen
man die Mühe umfangreicher Beschreibungen ver-
schwendet. Doch unsere Zeit ist so gut geworden,
dass sie das Leben des Prinzen schon als eine
Legende und nicht mehr als das besondere ansehen kann, welches es zur Zeit, da die Öffentlich-
keit des Prinzen eine grössere war, wohl gewesen
ist. — Es liess mich die Lust nicht, ein Porträt
des Prinzen Hypolit zu versuchen, von dem ich
wünschen möchte, es entspräche seine Ähnlichkeit
nur etwas meinem Eifer danach; und dieses nicht
so sehr zum Zwecke eigener Zufriedenheit mit
der bescheidenen Kunst als in Hinsicht auf die

Moral: die Zeit, die wir leben, eindringlich an eine Persönlichkeit zu erinnern, die es vermochte, in der Ausbildung eigener Art und Natur auch der Artung ihrer Zeit zu helfen. Dieses ist das Höchsterreichbare des menschlichen Thuns, dass sich stärkstes Leben der Persönlichkeit nicht gegen die Umgebung, sondern mit ihr und sie durchaus fördernd entfalte. Man sagt, dass der geniale Mensch sich gegen seine Zeit durchsetze, dass eine spätere ihm erst folge. Das Glück wird diesem Eigenwilligen, der im Zwange handelt, eine Illusion sein, ein hypothetischer Genuss, den er in Träumen, doch nicht im Leben erlebt. Glück aber ist Freude an jeder Stunde. Und solches Glück wurde dem Prinzen zu teil, und um dieses Glückes willen wäre sein Leben schon erzählenswert, wenn nicht der bedeutendere Umstand dazu veranlasste, dass er vor allen es war, der oft mit Willen, meist in natürlicher Entfaltung seiner Art, den Deutschen zu ihrer Kultur verhalf.

Der Prinz erlebte wie alle Kinder, und die

der Vornehmen am meisten, seine Kindheit als
diese Tragödie, die sie einmal für den Menschen
sein zu müssen scheint. Die guten Absichten der
Eltern und Erzieher, deren „thu dies" und „dies
thu nicht" die tägliche Qual des Kindes sind, das
von bösen Absichten nichts weiss und doch immer
danach behandelt wird, die beste Sorge wurde
auch für den jungen Hypolit zu dieser Tyrannei,
ohne deren Erfahrnis der Mensch ein Fremder in
seiner Zeit bliebe. Die Traditionen des fürstlichen
Hauses übten im Erziehungswerke, so weit und
umfassend es auch betrieben wurde, noch eine
besonders strenge Zucht, die ein Ahne einmal
an dem Kurfürsten bewundert und für die Seinen
angenommen hatte. Und war das Fürstentum
auch schon seit zwei Generationen mediatisiert,
so wurde doch Erziehung und Unterricht weiter
getrieben, als ob es noch zu regieren und den
Unterthanen ein gutes Beispiel zu zeigen gäbe.
Aufgeklärte Bildung und konservative Zucht waren
wie im achtzehnten so auch im späten neunzehnten
Jahrhundert Hausgesetze der fürstlichen Familie.
Dass Hypolit, als er seinen Lehrmeistern ent-

wachsen war, seine Freiheit wie eine schöne
Trunkenheit genoss, dessen war wohl die frühere
harte Zucht schuld; aber ihr Erfolg war auch
dieser, dass Hypolit in aller Ausschweifung nie
auch nur eine Stunde verlorener Würde und Beherrschung zu bereuen hatte. Er blieb in ärgster
Débauche mit einer solchen naiven Sicherheit der
Prinz, dass seine weniger tüchtige Gesellschaft ihn
oft talentlos zur Unmoral nannte und die Meinung
gewann, der Prinz sei „blasiert". Es fehlte den
jungen Leuten von damals das Gefühl, das Leben
als ein Ganzes zu empfinden und sich selber als
zum Leben gehörig, eine Kenntnis, die den
Menschen der Renaissancekultur in so grossem
Masse eigen und in diesen Tagen aller Partikula-
rismen fast verloren war, wie die damals üblichen
moralischen Meinungen: „alles zu seiner Zeit",
oder „sich ausleben" zeigen. Es war diese ausserordentliche und durch die Traditionen seines
Stammes geförderte Fähigkeit des Prinzen, dass
er an das Leben nicht, wie die meisten thaten, den
Massstab des „Bedeutenden" und „Unbedeutenden"
legte, sondern sich allem mit gleich geruhiger

Intensität hingab, aus dieser Sicherheit des Rassen-
menschen heraus, der seine Adligkeit nie verlieren kann, was immer er auch triebe.

Der Prinz blieb unverheiratet, und man hat
dies oberflächlich und schnell damit erklären wollen,
dass es seiner Neigung zum verliebten Abenteuer
besser so gepasst habe und dass es ihm an jener
Leidenschaftlichkeit in der Liebe gefehlt hätte, die
sich das eine Weib für immer verlangt. Ich hörte
einmal den Prinzen einer älteren Dame sagen:
„Even giebt es ja genug, die einem den Apfel
reichen, aber Paradiese sind keine mehr da", und
das war nicht nur ein Scherzwort. Der kunstvolle Garten, den wir uns mit der Geliebten im
Ehestande errichten, bedarf zu seiner schönen
Künstlichkeit alle Zeit der Pflege, wenn er nicht
bald eine Wildnis der Lüste und Launen werden
soll. Und um ihn als das Paradies zu erhalten,
darf man nicht müssig über Mauern in die Welt
sehen. Dann kommen Hände, die helfen wollen
in der Gartenpflege ... Der Prinz sprach weder

in der Jugend, noch in späteren Jahren über seine
Verhältnisse mit den Frauen. Wohl nicht nur in
natürlichem Feingefühl, sondern auch aus jener
cynischen Gleichgültigkeit heraus, die jenem eigen
ist, dessen Liebe Sentiments nicht kennt. Ich
glaube, dem Prinzen war selbst jene naive Poesie
fremd, mit welcher der Jüngling seine ersten
Lieben zu schmücken pflegt. Er war ein feiner
Beobachter aller weiblichen Dinge, aber zu der
Sublime, „das Weib" sich zu steigern, dazu besass er zu klare Instinkte. Er sagte einmal:
„Eine Frau sei noch so tugendhaft, einem Kom-
pliment darüber wird sie eine Antwort geben,
die etwa den Sinn hat: wissen Sie das auch so
bestimmt?" Einer Beobachtung erinnere ich mich,
die er mir einmal mitteilte: „Ich hörte neben mir
zwei magere, unschöne Frauen sich über eine
dritte Dame unterhalten, über deren schlechten
Lebenswandel, Leichtsinn, Liebhaber sie sich mit
viel Entrüstung aussprachen, aber in dem Ganzen
vernahm ich immer diesen Nebenton, der war,
als ob die Liebhaber, der Leichtsinn, der schlechte
Lebenswandel eigentlich ihnen, den beiden Häss-

lichen, gehörten und die andere dies ihnen gestohlen habe." In einem Briefe des Prinzen aus Paris finde ich diesen Satz: „Das Schönste im Konzert sind die Frauen. Und zwar die Frauen, neben denen der Gatte sitzt oder die ihn zu Hause gelassen oder sonst verloren haben, die Frauen mit den schönen und traurigen Erfahrungen der Leidenschaft. Diesen treibt die Musik alles inwendig Verschlossene, heimlich Bewahrte an die Oberfläche des Körpers, den so unter der Wirkung der Musik leben zu sehen, zu den sinnlichsten Genüssen gehört, die ich kenne. Da ist keine Bewegung des Armes, keine Veränderung in den Augen, kein Spiel der Gesichtsmuskel, das nicht, von der Musik gelöst, Erlebnisse erzählte. Die jungen Mädchen, die nur eine illussionäre Erfahrung oder höchstens den immer honetten Bräutigam haben, geben weniger; ihre Verzückung ist allgemein; ein monotones schwärmerisches Schafsgesicht die Regel. Die ganz jungen Mädchen geben gar nichts. Die lernen noch Klavier, und das Gesicht sagt höchstens: kann ich das spielen? Werd ich es können? u. s. w.

Aber die Frauen! die Frauen! Die Musik ist der
einzige Verführer, der den Frauen die ganze Wahrheit entlockt, die wir andern doch nie erfahren."

Man möchte aus solchen Äusserungen und
dem Umstande, dass der Prinz jene sogenannte
seriöse Liebe nicht kannte, zu glauben sich versucht fühlen, er sei zu einem wenn auch zarten,
so doch überlegenen Spotte im Verkehr mit
Frauen geneigt gewesen, was aber ein Irrtum
wäre. In der Jugend war er ernst und zurückhaltend auch jenen Frauen gegenüber, deren
Namen man nicht oder nur zur einen Hälfte
kennt. Später suchte er gern die älteren Damen
der Gesellschaft auf, deren offene Rede und
liebenswürdige Erinnerungen er gerne hörte;
den jüngeren sagte er gewählte Worte über ihre
Schönheit, und die hässlichen mied er, soweit
dies die Höflichkeit erlaubte, weil sie, wie er
sagte, von schlechtem Charakter wären. Dies
konnte man auch sonst in seinem Urteile über
Menschen bemerken, dass er alles, was man aus

Bequemlichkeit das Seelische zu nennen sich entschieden hat, aus dem Zustande der Körper abzuleiten liebte, aus deren Zustand und Pflege. Frauen mit schönen Haaren galten ihm als die vollkommensten, wie Männer mit schmalen schlanken Händen. Aus der Art des Ganges deutete er Fähigkeiten und Charakter.

Ein Freund des Prinzen hat für ihn einmal das Wort gebraucht, er sei ein Amateur der Liebe, ein Wort, dessen Anwendung hier nicht ganz so unrecht ist wie da, wo es Fernstehende auf des Prinzen andere Thätigkeiten bezogen, deren häufiger Wechsel in jüngeren Jahren ihm das Urteil einbrachten, er sei ein Dilettant und es fehle ihm die Ernsthaftigkeit. Und doch hatte gerade diese „Ernsthaftigkeit" ihn in seinen Entschlüssen bestimmt und zeigte sich gerade darin der Mangel alles Dilettantischen, dass er selber seinem Thun prüfend nachging und sich keinem gütigen Einwande verschloss — was leider dem Dilettanten nicht eigentümlich ist.

Wirkung ging von diesen früheren Thätigkeiten des Prinzen wohl nur auf eine kleine Zahl,
fast nur auf jene seiner Zeitgenossen, die Freude an
schönen Büchern hatten. Der Herstellung solcher
mit eigenen Pressen war Hypolit durch manche
jungen Jahre mit vielem Eifer und gutem Erfolge
ergeben. Denn auf seine Bemühungen um diese
damals in Deutschland noch fremde Sache ist
manche Änderung zum Guten zurückzuführen,
und ist es der Einfluss der Hypolit-Drucke, dass
das Buchgewerbe wieder die Kunst wurde, die es
zur Zeit der ersten Pressen war. Nach den fünf-
undsiebzig nun so gesuchten prinzlichen Drucken
zog sich Hypolit völlig von dieser Unternehmung
zurück. Er sah seine That ihre Wirkung thun,
und war diese vielleicht auch nicht in dem von
ihm gehofften Masse, so fand er doch die Zeit
gekommen, da ein Mehr zu thun von auch nicht
grösserem Nutzen gewesen wäre. — Die Bücher-
freunde werden auch jene Bändchen als kleine
Schätze zeigen, die des Prinzen eigene Versuche
enthalten. Es sind da Verse von ihm, jung und
voller Freude am Leben, die sich nie preziös

giebt, Verse, die im Überschwange heiterer Lust
das strenge Mass oft nicht halten, mehr ein Lachen
und Plaudern sind als wohlgesetzter Poesie sinn-
schöne Geberde. Und eine Prosa, deren Inhalte
nicht anderes sind, die aber in ihrer graziösen
Nonchalance die Arbeit nicht verbirgt, die sich
ihr Autor machte mit gutem Überlegen und
Wägen der Worte und Sätze. Er stellt im Ganzen
eine Jugend sich ungekünstelt vor, ohne Bemühen
um diese Jugend und oft naiv, dass es der Autor
selber nicht weiss. Es erschienen diese wenigen
Bücher alle, da der Prinz in den ersten Zwanzigern
war, und nachher keines mehr als eine anonyme
Schrift „Bemerkungen zu Mozarts ‚Don Juan' ",
die ein Freund des Prinzen aus einigen von dessen
Briefen zusammenstellte und ohne Wissen des
Autors drucken liess. Im Nachlass fand sich
nichts weiter als einige „Notizen zur Kunst des
Tanzes". Es möchte wohl nicht ohne Interesse
sein, eine Antwort auf die Frage zu suchen, was
den Prinzen veranlasst haben mochte, mit dem
Anfange seiner künstlerischen Bemühungen ein so
schnelles Ende derselben zu verbinden; denn dies

ist durchaus anzunehmen, dass der rasche Schluss einer Überlegung entsprang. Es war aber die Art des Prinzen mehr diese, in den Künsten zu empfangen und aufzunehmen als zu geben; seine hier stark impressionable Natur bildete nicht viele Widerstände aus und sie kam so immer leicht in Gefahr, sich allen Lockungen hinzugeben (denn in seiner Fähigkeit zum Genuss sah er keine Grenzen, die ihn auf Sparsamkeit damit gewiesen hätten) und mehr aufzunehmen als zu verdauen möglich ist. Beschränkung ist der Jugend nicht gegeben. Seltener aber noch die Schätzung eigenen Könnens, wie sie der Prinz besass. Mit solcher Art vertrug er sich wohl, dass er das Talent des künstlerischen Gestaltens übte wie das des Reitens oder Jagens, als eine nun einmal vorhandene Fähigkeit, die ungeübt zu lassen irgendwo als ein Übel zum Vorschein gekommen wäre. Doch als Letztgeborner einer in den höchsten Geschäften des Lebens durch Jahrhunderte thätigen Familie hatte er ein Erbe menschlicher Kultur im Blute, das sein Leben in Breite und Tiefe gross bestimmte, ihm aber jenes Eigentümliche versagte,

was den Künstler macht: er konnte Menschliches
zu Menschlichem erwerben und zum Höchsten
bilden, aber das Göttliche war ihm versagt, das
sich der Eigensinn zum Zentrum schafft, das etwas
vom Bornierten, etwas vom Gemeinen, aber Anfang und Ende vom Gotte hat. Doch: Gründe
und Ursachen zu vermuten und ihre Möglichkeit
zu konstruieren ist hier das Reizvolle, zu vermuten, nicht zu behaupten. Vielleicht war es
ganz anders, und nie ist dieser Zweifel an Deu-
tungen natürlicher als wo es sich um dieses
Problem des künstlerischen Schaffens handelt, das
zu lösen alle Hilfsmittel einer allgemeinen Psychologie versagen. — Es fällt in jene Zeit, da der
Prinz sich von aller eigenen Litteratur zurückzog,
sein intimer Verkehr mit J. G. und der Einfluss
dieser Persönlichkeit dürfte den Prinzen in dieser
Sache zum Entschluss bestärkt haben. J. G., der
dem geschriebenen Worte nur diese Berechtigung
zuerkannte, dass es eine That wirken müsste, und
etwas geringschätzig von dem Luxus einer geschriebenen Kunst an und für sich dachte, ge-
hörte zu jenen Naturen, die einer leicht erreg-

baren und häufig unsicheren durch die eigene
Energie in ihrer Lebensführung und das Harte
und Sichere ihrer Sätze imponieren müssen und
Verworrenes entwirren, zur Einsicht auffordern
und auf die Täuschung beruhigender Worte oder
nachgiebiger Launen durch ihr helles bestimmtes
Wesen, das nicht ohne gute Ironie ist, aufmerk-
sam machen. Die Jugend des Prinzen kann hier
manches geschaut und erfahren haben, das seinem
weiteren Leben zu Nutz war, obzwar dieses in
der Erfüllung weit mehr brachte als man dem
Einfluss J. G.'s zuschreiben möchte, der, wie so
viele Besten seiner Zeit seine starke Kraft zu den
grössten Dingen nicht zu nützen vermochte und
den die neue Zeit der deutschen Kultur nicht
mehr jung genug fand, als dass er der Änderung
alter Gewöhnungen fähig gewesen wäre.

So merkwürdig diese dreissig Jahre, die auf
die deutschen Siege folgten, für den Kultur-
beschreiber sind, so barbarisch waren sie für
den, der sie unbeteiligt erlebte. Die Moral des

evangelischen Christentums erfuhr ihre letzte Renaissance in dem Sozialismus und diese mit einer solchen obstinaten Brutalität, dass es die Geduld der Zögernden erschöpfte und diese nun laut und förmlich die andere Artung ihrer moralischen Gefühle ausriefen, wobei sie sich einer dubiösen litterarischen Antike bedienten, um einen übel verstandenen Individualismus die dem Deutschen so teure historische Grundlage zu geben. Und da die Deutschen wie sonst kein Volk geneigt sind, die Idee über alles zu schätzen und ihr Tradition und Würde und Natur zu opfern, so geschah es auch jetzt, dass sich alles einem Wettkampfe wortreicher Ideen hingab, wovon ein ruhiger Zuschauer den Eindruck bekommen musste, dass hier eine Nation in Irrung und Verwirrung einen pathetisch lächerlichen Selbstmord begeht. Dieser andere furor teutonicus schien zeitweilig sogar Stammesgenossen mit stärkerem Kulturgefühl, wie die Wiener und die Schweizer, zu ergreifen, wenn auch das Meiste sich hier umsonst mühte, die guten Traditionen zu unterbrechen. Moralische Behauptungen wurden ästhe-

tisch bestritten und umgekehrt; keiner verstand
mehr den andern, aber jeder schwang ein hölzernes
Schwert. Alle Form und Sitte war gelöst, aller
Sinn für das Leben verloren. Dies war der Zustand Deutschlands, dreissig Jahre nach dem
Kriege, nun, da der neue Staat nicht mehr zur
Festung und Fügung die Arbeit aller brauchte,
vielen Geist heischte und bürgerlicher Wohlstand
dem Gefühle der Weltmachtstellung eine solide
Grundlage gegeben hatte. Die durch das politische
Staatserbauen lahmgelegte Kraft der Künstler war
nun, da der Luxus wieder nach ihr verlangte,
unsicher geworden und um dies zu verbergen,
oft gemacht, brutal und laut. Man schrie und
brüllte sich selber Mut zu. Andere wieder, denen
diese Täuschung nicht zusagen wollte, denen es
aber doch um vernehmliche Äusserung zu thun
war, verfielen in Manier, und die meisten, die
sich ohne Überlegung den Künsten hingegeben
hatten und nun, da sie sie nützen sollten, in sich
nichts vorfanden, fanden alles bei den fremden,
die sie geschickt nachahmten. Wenige waren und
blieben einsam: man gab ihnen üble Namen.

Diese Unsicherheit in den Künsten ist nur ein Beispiel für die, welche allenthalben in der Gesellschaft herrschte. Wie dort noch die Persönlichkeiten fehlten und sich die Geschicklichkeiten mühten, so hatte auch hier die Sicherheit in Form und Gehaben, in Anschauung und Meinung einem problematischen Verhalten Platz gemacht, das einmal die Willkür gut hiess und alle wohlerworbene Form verlachte, das andere Mal nichts weiter hervorbrachte, als das mühsam aufgeputzte Requisit einer verlebten Mode. Man that dieses und jenes aus Mode, die ohne kürzesten Bestand war, da sie keinem Zustand der Seele, sondern einer Laune ihr Dasein dankte. Dann wieder zerstörte man an anderem Orte alle Form, da das Neue formlos auftrat und predigte die Formlosigkeit als den neuen Geist. Man gab sich keine Mühe, das Neue zu heherrschen, was nur durch die Form möglich ist, sondern ergab sich dem Zufall des Tages, voll hysterischer Neugier auf den Zufall des nächsten. Jeder zeigte „Interessen für Alles" und lief atemlos den Dingen nach; keiner dachte daran, mit dem Neuen zu leben, nur es rasch zu

erleben war man begierig. So gaben viele das
geringe aber doch eigene Leben hin für fremdes,
mit dem sie sich zu vertiefen meinten, da sie sich
doch nur erbärmlich schlecht damit schmückten.
Keiner frug sich, was ihm eigentümlich sei, sondern
nur, was ihm fehle, und da nahm er dann ohne
Wahl alles an sich ohne jeden organischen Sinn
für Wohlbekommen und Gesundheit. Daher kam
es, dass man in dieser Zeit so wenig Erwachsene,
Vollendete traf, so wenige, deren Gegenwart man
spürte; jeder war zu jeder Zeit anders: ewige
Neugeborene. Keiner vermochte eine feste Bildung
gegen einen Eindruck zu setzen: die Lust nach
der andern Sensation hatte die Erregbarkeit zu
einer Sensibilität gesteigert, die ein fortwährendes
Beben und Zittern war und nichts mehr anzeigte
als die Schwäche ihres Besitzers.

Den Künstlern war in dieser kunstfeindlichsten
Zeit Deutschlands die Aufgabe gewachsen, in eine
bessere Zeit die Köstlichkeit der Kunst zu retten,
und sie mussten es oft mit allen Übertreibungen

und vielem Dandismus thun, dem es zu danken
ist, dass wir das Schloss in den Pyrenäen nicht
verloren haben. So unerträglich und pervers
damals ihre Einseitigkeit auch den meisten erschienen ist, so war sie nötig und natürlich, und
nun ist das Unerträgliche von damals ein schönes
Ergötzen geworden, da die Deutschen wieder
einige Ruhe und Besonnenheit gewonnen haben
und nicht mehr über die Stile und Richtungen
streiten, wie damals, als man so viel schrieb
und nicht schreiben konnte, als man so viele
tiefe Ideen hatte und keine heiteren Einfälle, als
eine durch den wirren Lärm und das Unvermögen
verursachte barbarische Falschschätzung der Künste
uns diese und alles zu vernichten drohte. Die
Meinung der Künstler, dass von den Künstlern
aus eine Neubildung der geselligen Formen einzig
erreichbar sei, dies ist als nicht weiter merkwürdig hinzunehmen. Aber die gleiche Meinung
erfasste auch die Laien, die Aussenstehenden, die
den Zufall des schönen Genusses zur Permanenz
zwingen zu müssen glaubten, indem sie oft alle
ernste, wenn auch bescheidene Lebensführung auf-

gaben, um als geistige Bohémiens dem Kunst-
enthusiasmus zu obliegen. Die Täuschung jener
Zeit war so vollkommen, dass ihr alles sinnliche
Wirken nur durch das Medium der Künste möglich schien, dass selbst eine so starke Intelligenz
wie die J. G.'s sich desselben anfangs bedienen
zu müssen glaubte, um seiner Kraft die Arbeit
und dieser Wirkung zu geben. Es wurde unter
den Frauen dieser Typus bedenklich häufig, der
in dem Erotischen kein Temperament offenbarte
sondern Litteratur; Romanlektüre gab ein Beispiel zum Ehebruch und überzeugungstreue Eman-
zipation veranlasste Damen der Gesellschaft, sich
uneheliche Kinder zeugen zu lassen.

Es waren keine Zeichen dafür da, dass der
Kunstgenuss die ihm eigentümliche physiologische
Wirkung hervorgebracht hätte, die eine Steigerung
des Lebensgefühles ist. Kann man aber auch
sagen, dass jener Kultus der Kunst ein Genuss
der Kunst war? Die Menge, die sich den Künsten
hingab, that dies aus Schwäche und Erschöpfung;

zwischen ihr, die am Tage den Berufen oblag
und nach dem Tage sich den Künsten hingab,
zwischen ihr und der Kunst fehlte jene sichere
Brücke der glücklichen Wahl und der guten Bereitung, die nur dann vorhanden ist, wenn der
Wert des eignen Lebens gehoben ist von der
Lebensführung aller — wenn ein Sinn des Lebens
feststeht und dieser von der Konvention gehalten
wird. Gütige Formen und Heiterkeit, Liebe zur
Stunde, die auch ein Geringes nur zu gewähren
braucht, Sicherheit der Gefühle und ein weises
Mass des Üblen und Guten für die Erhaltung
des Lebens und dessen höchste Nützung. An
Stelle all dessen war Unsicherheit und Angst um
das Morgen, Hast um nichts zu versäumen und
wieder müssiges Warten auf einen Erlöser, hyste-
rische Langeweile indessen, die sich ohne Be-
sinnen einem Vergnügen immer hinzugeben bereit war, das für alle angerichtet war.

Es war das neuere Theater ja nie in starkem
Masse eine Freude der Verfeinerten gewesen, aber

zu keiner anderen Zeit als dieser offenbarte es
so stark seinen Bezug zur Menge, an deren Instinkte, Dummheit, schlechte Leidenschaften und
niedere Anschauungen es sich wendet. Die Sinn-
losigkeit des Unternehmens, einer unbekannten,
vielartigen, in einen Raum gedrängten Menge
ein Werk der Kunst zum Genusse zu übergeben,
dieses selber abhängig von allen Zufälligkeiten
der Mittel — war vielleicht von manchen jener,
die eine gewisse Leidenschaft fürs Gemeine, für
das Theater zu schreiben trieb, wohl erkannt
worden, aber so sehr war alles diesem gemeinen
gemeinsamen Vergnügen am Theater zugewandt,
dass selbst die Lyriker ihre kleinen Gedichte wie
eine Komödie auf die Bühne stellen und im
Kostüme singen und deklamieren lassen mussten,
weil sie anders von niemandem wären gehört
worden. Man konnte Mitleid mit den Roman-
schreibern haben, mit deren Erzeugnissen sich sogar nichts demokratisch öffentliches anfangen liess,
ausser durch „Dramatisierung", was sie nun hin-
reichlich besorgten.

Man erinnert sich vielleicht noch des Theaters, das der Prinz in seinem Wiener Palais
spielen liess. An zwei Abenden in der Woche
oder im Sommer vormittags im Parke fanden
sich da die Gäste ein, um sich einem Vergnügen
hinzugeben, in dem alles Schwere, für sich Be-
stehende, das die Künste immer beanspruchen,
in eine heitere Geselligkeit aufgelöst war, die
des Spieles 'auf der Bühne nur als eines Anlasses
bedurfte, der Gebundenes löste und voller Wirkung auf die eigene Schönheit diese steigerte.
Der Takt des Prinzen machte die Gesellschaft,
die sich bei ihm traf, sicher und vertrauend.
Alle Neugierde verlor sich bald, wenn sie etwa
mitgebracht wurde, denn nichts war auf ein Ver-
blüffen abgesehen. Alles entsprach der Vorbereitung
eines jeden, ohne dass er es merkte, und indem er
die angenehme Täuschung gewann, er sei nicht
Teilnehmender, sondern Mitwirkender, was auch
wirklich so wurde, als der Prinz die Spiele, die
seltener wurden, ganz aufhören liess. Jeder gab
sich die leichte Mühe zu Haltung und Form, lebte
in dem Ganzen mit stärkerem Genuss seiner selbst.

Was gespielt wurde, ist hier nicht zu erwähnen; wohl altes und neues, gutes und
schlechtes, heiteres, trauriges. Es ist aus diesem
Grunde hier nicht zu erwähnen oder gar (wie
die verflossenen Litteraturkritiker sagten) zu
untersuchen, weil das Absehen des Prinzen nicht
auf die theatralische Kunst als Pose ging, sondern
er sie als ein Mittel geselliger Kultur nützte. Er
dachte nicht an eine Reform des Theaters etwa
in Unwillen über die Zustände der öffentlichen
Bühnen, die so sein müssten, weil sie öffentlich
waren, und denen er keine andere Kritik zu-
wandte, als dass er sie nicht besuchte, nicht des
Aufgeführten wegen (wenn er auch in den Stücken
den Triumph des Gemeinplatzes der Durchschnitts-
gesinnung immer wieder zu finden erklärte),
sondern: „Ich komme im Theater in eine, sagen
wir höflich in eine Gesellschaft, die ich nicht
kenne, die mich nicht kennt, die sich unter-
einander nicht kennt — also ein Strassenauflauf,
über dem zufällig ein Dach ist. Die Bevölkerung
setzt sich neben mich, über mich, hinter mich,
vor mich, lacht, spricht, klatscht, zischt, thut

tausend Unarten, peinigt vielleicht mit Henker-
grausamkeit einen armen Dichter — kurz, es ist
barbarisch, als reinlicher Mensch ins öffentliche
Theater zu gehen, in eine Gesellschaft, die nur
auf Grund eines bezahlten oder geschenkten Entree-
billets zusammenkommt". — Zwei Dinge vermieden der Prinz und seine Freunde durchaus
bei der Wahl der theatralischen Vergnügungen:
das Dilettantische und das Platte, das sich in einer
Wiederholung jener Natur gefiel, die die Natur
nicht weiter auszeichnet; und zu dem Platten
wurde auch gezählt, was in der gemeinen Weise
der Durchschnittsexistenzen an Moralitäten und
sogenannten Problemen zu Tage kommt; und
dies war der grösste Teil der theatralischen
Kunst jener Zeit, soweit sie den Forderungen
der Bühne (so nannte man das) gerecht wurde,
soweit sie den moralischen Qualitäten des Publikums gerecht wurde (so meinte man es).
Prinz Hypolit liebte den Vers und den Tanz,
der die Geberden zur Harmonie zwingt und die
Bewegung zum Rhythmus. Er liebte es, die
Frauen in langen schweren Gewändern tanzen zu

sehen; alles halbe Entblössen war ihm ein Greuel;
die Kinder aber tanzten nackt, wenn es etwa die
Szene so verlangte. Ich sprach früher von „Notizen
zur Kunst des Tanzes“, die sich im Nachlass des
Prinzen fanden. Nicht den Gesellschaftstanz meinte
er, der mit der Tanzkunst nur das Wort gemein
habe oder dieses etwa, dass jenes Tanzen der Ge-
schlechter die konventionelle Gestensprache jener
sei, die keine ihnen eigentümliche besitzen; wie die
Sprache des Kommis nicht die Sprache ist, so jenes
Tanzen nicht der Tanz. Hypolit führt den Verfall
der Kunst des Tanzes darauf zurück, dass die
Sprache unserer Geberden, mit der wir Emotionen
begleiten, verkümmerte durch die starke Ausbildung
der Sprache der Worte und der Musik, die den Stil
verloren habe, der mit dem Tanze eine Einheit
gäbe. — Doch es sind diese Dinge, welche das
Theater des Prinzen betreffen, von einer anderen
Bedeutung und möchten, noch mehr davon erzählt, vom Zwecke entfernen. Ich sagte, dass das
Theater des Prinzen seltener wurde, dass es ganz
aufhörte, als das, was es einst zu erreichen ge-
holfen hatte, erreicht war: die Geselligkeit.

Dies vermag keiner: dass er seine Zeit aus der Barbarei in die Kultur höbe; die Absicht auf ein solches Unternehmen würde sich in abstrakten Ideen ausgeben, in thörichten Büchern und Wohlmeinungen; denn die Absicht selber ist ja nichts weiter als eine solche vom Lebendigen isolierte Idee, die von aussen stossen und bilden möchte, was Trieb und Bildung von innen sein muss, soll es zu guter Frucht werden. Doch ist es in Zeiten der Neubildung und Änderung glücklichen Naturen gegeben, dass sie durch ihre Lebensführung wie ein Vorbild wirken, dass sich Zögerndes an ihrem Beispiel entschliesst, Schwankendes festigt und Suchendes den guten Fund begrüsst. Der Name des Prinzen hatte ihn schon im Beginne an einen hellen Ort gestellt; äusserliche Anerkennung war ihm durch Geburt und Reichtum leicht gemacht und im voraus gewiss. Aber er führte sein Leben mit einer solchen Sicherheit, dass das, was er that und wie er es that, von den Bereiten als ein durchaus natürliches gefühlt wurde, so sehr verschieden es auch vom Gewohnten sein mochte. Ja, man fühlte an seinem

Beispiele eben dieses Gewohnte als sinnlose Willkür, und nun kam zu allmählicher Frucht und
Reife, was in den rauhen Zeiten die Blüte nicht
verloren hatte. Schüchtern nicht und ohne sicht-
bares Wollen, wie etwas Selbstverständliches begann es, nicht mit dem lauten Lärm der Manier,
die bis jetzt nachahmend und verderbend verfolgt
hatte, was der Tag an guten und schlechten
Einfällen brachte. Es klingt sonderbar, aber: es
gab keinen Snobisme mehr. Dieses zeugt, dass
es nicht eine Laune, ein Einfall des Prinzen war,
sein Leben so zu führen, sondern dass er nichts
weiter that, als der eignen Art ihren Weg zu
lassen. Er liebte die Geselligkeit, doch musste
mehr an ihr beteiligt sein als Gäste, Diner und
unterhaltliches Theaterspiel; es musste höchstes
Leben in ihr sein, nicht ein Erholen vom Leben,
ein Ausruhen von der Mühe, kein Spiel der
kleinen Worte oder dieser Meinungsaustausch
über Ideen und Ereignisse, die in den Zeitungen
stehen. Denn nicht die Gedanken sind es, die
interessieren, sondern der Mensch, der sie hat.
Hypolit ging seinen Gästen, denen, die es noch

nötig hatten, mit dem eigenen Beispiele voran,
dass er nicht nur seinen Witz frei liess und seine
guten Einfälle, dass er vielmehr nichts von seinem
Menschentume versteckte, mit seinem Leben alle
Form füllte. Nie hatte man bei stärkerer
Würde grössere Freiheit darin gesehen, dass jeder
die Art seines Lebens betonen konnte, wie immer
diese auch war; dass ein ungeschriebenes Cere-
moniell des Verkehrs wohl dessen Formen bestimmte und äussere Gleichheiten schuf, die nur
um so stärker die Verschiedenheiten der einzelnen
zum Vorschein brachten.

Es ist kaum zu bestimmen, auf welchen
Wegen des Prinzen Beispiel in seine Zeit ging.
Es wird so sein, dass diese ihm entgegenkam
und er dem, das so werden musste, durch die
Bedeutung seiner Persönlichkeit zu dem rasche-
reren Werden verhalf, dass dieses nicht in Irr-
tümern schwankend sein Ziel erreiche. Es wird
nicht mehr nötig sein, dieses Ziel in Worten zu
beschreiben, die (seien sie wie immer) auch

schon eine Kritik enthalten, wenn auch eine preisende. Festhalten wollen, was nur in der Bewegung ist, hiesse vom Feuer wollen, dass es nicht brenne, vom Wind, dass er nicht wehe. Käme ein Wesen aus einer andern Welt, fremd uns und wir ihm fremd, und könnte sich dieses Wesen in unsere Art ganz verkleiden, ohne dass es die eigene aufgebe, so möchte wohl ein solches Wesen fähig sein, uns das Wort über uns selber zu sagen, das unser Thun richtet und ihm die Weihe der endgültigen Wertung giebt. Menschliche Weisheit aber liegt in der Beschränkung, und unsere Wahrheiten sind glücklich, wenn sie den Tag ihrer Geburt ausleben und nicht mehr. — —

Die Stimme des grossen vielarmigen Tieres unter den Fenstern ruft, unsere Kultur sei das Gebilde einer Kaste, nicht des Volkes. Sie nähme aus dem Volke, doch gäbe sie ihm nichts. Ist es so, so sei es auch so! Besser ist die Kultur der Wenigen, als die Barbarei aller. Und muss es sein, dass das kulturelle Leben der Wenigen sich durch die Sklaverei der Vielen behaupte, so ist das Mögliche nicht anders als durch dieses Mittel erreichbar gewesen, und wir lassen den Vielen die Köpfe, darüber nachzudenken, wie dies zu ihren Gunsten zu ändern sei, und mögen sie auch mit den Fäusten nachdenken. Wir nennen Gegenwart, was wir mit unserer Energie und Lust am Leben an Zeit fassen können und wissen wohl, dass es nur Vergangenes und Künftiges giebt und alles ein Vergehen ist. Aber die Kraft unserer Täuschung ist stärker und fruchttragender als einer Vernunfterkenntnis lähmende Gewissheit. — —

Als der Prinz älter wurde — (der Leser möge entschuldigen, dass ich die Lebensgeschichte des Prinzen so beschleunige und ein ganzes Jahrzehnt daraus übergehe, das Hypolit in einem sonderbaren Abenteuer hinbrachte, welches ich nur kurz erzählen kann: Er ging auf Reisen, kam zurück und blieb verschollen. Er sprach nie von dieser Zeit, die er — so erzählte man

sich später — in Rouen als ein M. Dubois ver-
bracht haben soll. Allgemein nahm man an, ich
glaube, es wurde sogar offiziell so bekannt gegeben, er sei auf Java gestorben, als er — zehn
Jahre waren inzwischen vergangen — wieder in
Wien erschien und sein Leben weiter führte, als
ob die zehn Jahre nur der Ausflug eines Tages
ins Gebirge gewesen wären. Der Prinz übersah
auch im Gespräche diese Zeit völlig und sagte
„unlängst“, wenn er etwa meinte, was vor elf
Jahren geschehen war. Wenn man ihn direkt
frug, so sprach er von der Tigerjagd in den
Dschungeln, aber auf eine so fabulante Weise,
dass jeder lachend merkte, der Prinz habe nie
in den Dschungeln nach Tigern gejagt. Aber
man versteht, weshalb ich bei dieser Episode
nicht länger verweile). Da der Prinz älter wurde
und reifes Leben, das sich dem Ende zuneigt,
der stillen Beschaulichkeit mehr zugewandt ist
als dem „brüsken Auftreten der Ereignisse“ (P.
H.) — da der Prinz älter wurde, mochten sich
wohl seine Freunde manchmal bei ihm darüber
beklagen, dass er sich selten mache. „Wenn

man alt wird", meinte er dann, „bekommt man
so seine Krankheit: man neigt leicht dazu, sich
in Sentenzen zu verlieren und damit langweilig
oder in anderer Weise unartig zu werden, durch
Schweigen oder sonst wie zu beleidigen. Man
gewöhnt sich Liebhabereien an und lebt nicht
mehr so richtig. Man rekapituliert, macht Bilan-
zen, zieht Summen, wird zu früh schläfrig, der
Magen macht Geschichten — lauter Dinge, die
ganz unsociabel sind. Alter und Hässlichkeit
mögen sich selber am besten in der Einsamkeit
geniessen." Diese versah er sich mit Musik,
worin er die alten Italiener und Haydn liebte;
sein Quartett Musikanten mussten ihm vorspielen,
wenn er las. Und er las die deutschen Mystiker
wegen ihres wundervollen Deutsch, das sie
schrieben, Goethesche Prosa und die kleinen
erotischen Liederdichter des achtzehnten Jahrhunderts. Von neueren Kierkegaard und manche
der Franzosen, wie Mallarmé, Gide, Regnier.
Von den Philosophen Richard Avenarius, dessen
Art, reichste und feinste Kenntnis des Lebens
und alle dessen subtilste Gestaltungen in einer

3*

Mechanik aufzuweisen, ihn immer wieder anzog.
Der Prinz erkannte, wie naturgemäss das Alter,
vom Leben allmählich ausgeschlossen, auf keine
andere Thätigkeit als die des Gehirnes gewiesen
wird, und „mit der Eigenartigkeit unserer Gedanken, ich bitte Sie? Was macht sich eine
junge Dame daraus! Man bekommt die Lor-
beeren und man hat noch den Geschmack auf
der Zunge von den süssen Früchten, die einem
einstmals von zarten Fingern in den Mund ge-
schoben wurden". So viel sich auch der Prinz
in dieser Zeit mit den moralischen Dingen be-
schäftigte und sich zum Leben mehr als ein Be-
trachter stellte, so erklärte er dies doch immer
für eine Alterserscheinung, die nicht eben von
irgendwelchem Werte sei, wenn nicht von diesem
vielleicht, dass sie den Abschied vom Leben er-
leichtere, indem die — leider! — kühlere Betrach-
tung es farblos mache. „Man hat seine Erinnerungen;
aber wie Blumen in einem Herbarium geben sie
keinen Geruch mehr, und da beginnt man sie zu
klassifizieren: ein schwacher Trost, wenn es
nach dem eigenen System geschieht." (P. H.)

Es würde die Meinung, die der Prinz selber von seinem Leben hatte, schlecht treffen und von dem Zwecke dieser Studie abziehen, würde ich bei dem Ende dieses Lebens, das nun nach innen ging, ausführlicher verweilen, wenn gerne ich auch von manchen der weisen und schönen Einsichten des Prinzen Kenntnis geben möchte und ausführen, wie in gütigen Harmonien hier ein Leben verging, von dem der Prinz auf seinem Sterbebette sagte, er würde es nie anders zu leben wünschen, wenn es ihm auch noch zehn- mal gegeben würde. Doch dieses wäre eine andere Geschichte, die, in der einen zu erzählen, die Meinung und die Absicht dieser verdunkeln würde, welche keine sonst war, als von der beiläufigen Art eines Menschen der neuen Kultur nichts weiter als eine Silhouette aus dem Papiere zu schneiden.

Gilles de Rais

illes de Rais war der erstgeborene Sohn des Guy-Montmorency-Laval aus der Marie de Craon, die eine Schwester des grossen Guesclin und eine Enkelin der Jeanne la Folle war. Gilles' Vater wurde von Jeanne la Sage, dem Familienhaupte der Rais (die sich später Retz nannten) adoptiert, wodurch er selber ein Rais und Erbe ihres grossen Besitzes wurde. Gilles kam auf dem festen Schlosse Machecoul in der Bretagne 1404 zur Welt. 1415 stirbt sein Vater, und da sich die Mutter bald wieder verheiratet, übernimmt der Grossvater Jean de Craon die Erziehung: er giebt dem dreizehnjährigen Gilles eine Frau, die aber bald stirbt, wie auch eine zweite, die eine Rohan war. Mit der dritten, Catherine de Thouars macht er 1420 Hochzeit. Mit siebzehn Jahren zieht Gilles zum erstenmal in den Krieg; es ging gegen die Penthièvres für Jean V., den diese in Ketten hielten. Mit fünfundzwanzig Jahren wird er bei der Krönung Charles VII. in Reims Marschall von Frankreich und darf ein Lilienband im Wappen führen. Er

kämpft vor Orleans und Paris mit grosser Tapferkeit — er liebte die Einzelkämpfe — an der
Seite der Jeanne d'Arc, deren Ritter zu Dienst
er ist, einer der ersten Barone Frankreichs.
Michelet (Histoire de la France, V. 208) beschreibt ihn als von „bon entendement, belle
personne et bonne façon lettré de plus, et ap-
préciant fort bien ce qui parlaient avec élégance
la langue latin". Dem Gilles gehörten von
Jeanne la Sage die festen Plätze und Schlösser:
Machecoul, Saint-Etienne-de-Mer-Morte, Pornic,
Prinçay, Vue, Ile de Bonin und andere. Vom
Stammhause seines Vaters besass er die Herr-
schaften von Blaison, Chemillé, Fontaine-Milon
und Grattecuisse in Anjou; dann Ambriéres,
Saint-Aubin de Toste-Lovuin in der Provinz
Maine; und andere in der Bretagne. Von den
Craons: das Kastell La Suze in Nantes, die
Schlösser Briollay, Champtocé, Ingrandes, Sénéché,
Laval-Botereau, Bénate, Bourgneuf-en-Rais-Voulte
und andere; von seiner Frau: Tiffanges, Pouzanges,
Chabanais, Confolens, Chateau-Morant, Savenay,
Lombert, Crez-sur-Maine „et plusieurs autres

terres fort belles et leurs dependencies". Gilles
ist neunundzwanzig Jahre alt und noch lange
war nicht aller Lorbeer von den Bäumen ge-
schnitten, denn ein Krieg fand nur im Beginn
eines andern sein Ende. Aber der Marschall legt
sein Schwert hin und geht auf seine Schlösser,
für sich selber ein Herr. Die Chronisten jener
Zeit, Monstrelet, Chartier, und Argentré aus der
nächsten, erzählen Erstaunliches von seiner Lebens-
weise, die man mit Worten beschreiben möchte,
die wie reichgestickte seidene Gewänder sind,
die von selber stehen, in Sätzen berichten wie:
Sardanpal gab seinen zehntausend Edlen ein Fest.
— Gilles hatte seine eigenen Soldaten, seine
Priester mit einem von ihm ernannten Bischof,
dem Francesco Prelati, den er sich aus Italien
holte, um einen zu haben, mit dem er lateinisch
sprechen konnte. Wenn Gilles mit seinem Hof-
staat nach Nantes oder nach Angers oder nach
Orleans kam, ritten ihm seine Herolde voraus,
die nach Posaunenstössen ankündeten, dass „wir,
der vornehme und mächtige Baron Gilles de Rais,
Marschall von Frankreich, Herr von . . (es folgen

die Namen der Herrschaften) beschlossen haben, die Stadt mit unserem Besuche zu begnaden". Und die Menge jauchzte, denn es gab Goldstücke und Theaterspiel und viel zu gaffen und zu staunen, Feste eine Woche lang. Theater und Musik waren in dieser Zeit seines Lebens des Gilles liebste Unternehmen. Er liess auf offenem Markte spielen, wo mit grossem Aufwand eine kunstvolle Bühne errichtet wurde, oft zwei Stockwerke hoch. Da ihm die Stücke seiner Zeit zu einfach waren und ohne Gelegenheit für Entfaltung grossen Glanzes, schrieb er selber andere, wie die Siège d'Orleans in 20000 Versen, die fünfhundert Menschen auf der Bühne brauchte und darin er selber in der Rolle des Gilles de Rais eine Hauptfigur spielte. Den Versen seiner Stücke gab er weit geringere Aufmerksamkeit als den Kostümen seiner Schauspieler, die er echt liebte, wie die heiligen Gefässe, die er zur Benutzung in dem Theater aus seiner Kapelle entnahm. Und nicht öfter als einmal durften die Komödienspieler diese kostbaren Kleider tragen — für eine andere Aufführung liess er

neue machen, denn seine Lust an neuen Einfällen
des Luxus war so gross wie die andere, sein
Vermögen zu verschwenden. Ein Schloss ums
andere verkaufte er, die letzten seiner Sitze rettete
ihm der König selber durch ein Dekret, das ihm
verbot, auch diese zu veräussern. So war es
nach wenig Jahren damit vorbei, dass die Herolde
die Gnade seines Besuches verkündeten. Gilles
blieb auf Tiffanges in der Gesellschaft des Francesco. Er schrieb alte Handschriften ab für seine
Bibliothek, wie des Ovid Metamorphosen, für
die er einen Einband fertigte aus weissem Saffian
mit silbernen Ecken und einem silbernen Kreuz
auf dem Rücken. Oder er trieb die schwarze
Kunst und rief Satan. Oder —.

Gilles: Siehe, Franciscus, ich habe meine
Frau hinweggeschickt, auf dass sie dem Suchen
meiner Seele nicht im Wege sei; es wäre sonst
ein Tag gekommen, dass ich sie hätte anders
von mir entfernen müssen; früh habe ich mit
den Frauen begonnen, und dieses wohl wird es

sein, das mir die Erkenntnis brachte, dass wir, die Liebe suchend, immer irren, denn immer treffen wir zu rasch die Antwort, die sich unserem Suchen als das Weib in den Weg stellt. Wir vergessen und versinken in der Lust, bis diese wieder zu Ende ist, und nicht wissen, ob diese auch ihre letzte Nacktheit enthüllt hat. Verstehst du mich, Franciscus?

Franciscus: Die Liebe ist ein Unvollkommenes, o Gilles.

Gilles: Aber Gott ist in uns, und sein Sinn geht auf das Vollkommene. Unsere Zähne beissen Wunden in das weisse, geschlossene Fleisch, dass aus ihnen mit dem Blute die Erlösung käme. Doch sind wir nur voll Verzweiflung, weil unsere Lippen bloss das Blut lecken, unsere Ohren nur das Schreien der Sinne vernehmen, wir aber den Sinn nicht erkennen. Warum sind wir so voll Wut gegen das, was wir lieben? Warum ist

unsere Ohnmacht so gross und unsere Macht so
klein, o Franciscus?

Franciscus: Weil sich Gott, der in uns ist,
unser schämt, dass wir nicht die Schönheit lieben,
sondern das Weib. Da wird sein Leiden gross
und er kehrt es gegen uns, o Gilles.

Gilles: Strecken wir nicht unser schamlosen
Hände nach aller Schönheit, dass wir sie damit
brechen und unserem niederen Sinn zu eigen
geben, o Franciscus?

Franciscus: Du sprichst Litteratur, o Gilles!
Lass die Gefühle von all dem deinen Knechten,
denen du hiessest, dem Volke daraus eine Moral
zu machen, denen die mühselig und beladen sind
und denen eigene Hässlichkeit den Trost versagt.
Warum aber verunreinigst du deinen reinen Körper
mit der Seele? Ist ein Palast eine Hundehütte?

Gott ist in deinen Händen, deinen Augen, deinen
Lenden und in allen Teilen deines Körpers.
Was giebst du ihm, dem Einzigen, noch diesen
armseligen Wohngenossen, die Seele, diese Erfindung der Gottlosen, jener, in denen Gott nicht
wohnt, weil er die Herberge ihres Körpers zu
dürftig für seine Grösse fand?

— — Das war nicht die Furcht vor Krieg,
die das Volk der Bretagne im Frühjahr 1432 so
erregte; denn in vielen Jahren war es mit diesen
Schrecken vertraut geworden. Es war auch nicht
die Angst vor der Pest und dem grossen Sterben.
Und es war der Schrecken so gross, weil man
ihn nicht messen konnte, weil davor aller Trost
und Sinn versagte. Man wusste nicht, was es
sei. Und erst glaubte man es überhaupt nicht,
so furchtbar war es. Manche sprachen von einem
Vampyr, der aber solche Gestalt angenommen
habe, dass er nicht mehr auf das letzte Gebet
des Opfers warten konnte. Hier war er heute
und dort, weit weg davon, morgen. Tage,

Wochen, Monate vergingen, dass man nichts von ihm merkte, bis es plötzlich wieder von Haus zu Haus, von Dorf zu Dorf ging: er war da! er war wieder da! denn wieder weinte eine Mutter über ihr verschwundenes Kind. Von sechs zu achtzehn waren die Mädchen und Knaben alt, die verschwanden, als hätte sie die Erde verschlungen. Als es zum erstenmal, zum andernmal geschah, dachte man, la petite Marion oder les gars Jean hätte ein Unfall betroffen, seien in einen der tiefen Ströme oder von der Höhe eines steinigen Ufers ins Meer gefallen und ertrunken. Dann erst kam dieser grosse Schrecken, von dem die Chronisten berichten, als man sah, dass kein Haus der ganzen Gegend sicher war, dass kein Zufall den Schlag führte, dass er jeden treffen konnte. Man glaubte, der Teufel sei in Gestalt eines schrecklichen unsichtbaren Tieres auf die Erde gekommen, die Sündigen an ihren unschuldigen Kindern zu strafen. Dies dauerte Jahre lang. Acht Jahre dauerte es, und hunderte von Kindern waren verschwunden, und keines wiedergekommen, zu erzählen. Da nahmen es

Leute, die auf den Landstrassen leben, immer
häufiger wahr, dass immer, wenn es geschah,
sich in der Gegend einer von Gilles de Rais
Leuten aufgehalten hatte, Eustache Blanchet sah
man, oder Henriiot Griart oder Jean Rossignol
oder Gilles de Sillé oder Hugues de Bremont
oder Etienne Corillaut oder Robin Romulat oder
die Hexe Maffraye. Das waren Abenteurer, Dichter
toller Verse, Priester aus Gilles' geistlichem Hof-
staat, vom Galgen geschnittene Soldaten. Nur
den Gilles selber sah man nie. Der blieb auf
Tiffanges oder Machecoul, wohin man die Kinder
brachte. Sie wurden mit Speise und Spiel ergötzt, köstlich gekleidet, bis die Zeit für sie gekommen war, dass Gilles sie tötete; mit dem Dolche
that er es und langsam, sass bei dem Knaben und
genoss das Sterben. Die schönsten Leichen küsste
er und konnte sich von ihnen kaum trennen.

Gilles: Es ist gottschauende Seligkeit, o
Franciscus! Durch das Böse errungen — so
wunderbar sind die Wege des Herrn.

Franciscus: Wir wollen ihn loben! . . .

— — Im Juli 1440 erliess der Bischof von
Nantes eine Infamerklärung gegen Gilles; im
September des Jahres erschienen die Bewaffneten
des Bischofs vor Machecoul, wo Gilles gerade
war, um ihn zu fangen. Entgegen aller Erwartung ergab er sich lächelnd; denn es wäre
ihm leicht gewesen, auf dem festen Kastell mit
seinen guten Leuten Widerstand zu leisten. Er
wurde nach Nantes auf die Tour neuve gebracht,
in dem zwei Jahrhunderte später ein anderer
Relz, der Kardinal, gefangen sass, und den auch
die schöne Herzogin von Berry im vorigen Jahrhundert traurig kannte. Das geistliche Gericht
zuerst machte dem Gilles den Prozess, wegen
Teufelsverehrung, schwarzer Kunst, vielfachem
Mord und Unnatur. Die Akten darüber sind auf
der Pariser Bibliothek für jeden zu lesen. Gilles
erschien vor dem Gericht in Weiss, Gold und
Scharlach angethan, auf der Brust unter seinem
tiefschwarzen Bart hing eine heilige Reliquie.

Die lange Reihe der Zeugen, die Mütter und Väter, die ihn des Mordes ihrer Kinder beschuldigten, beachtete er gar nicht, die Richter höhnte er. Viermal aufgefordert, den Eid seiner Unschuld zu leisten, weist er dies viermal zurück. Er beteuert, immer ein guter Katholik gewesen und auch jetzt noch zu sein. Er erklärt den Richtern, dass er sich lieber hängen lasse wie ein Ehrloser als vor ihnen etwas auszusagen oder gar sich zu verteidigen; er verlangt ein weltliches Gericht, kein geistliches, denn er habe nichts gegen Gott gethan. Die Inquisitoren schleudern den einzigen Blitz, den sie zur Verfügung haben, auf Gilles: Die Exkommunikation; dies verändert Gilles Haltung völlig. Die ewige Verdammnis schreckt den Katholiken, der ohne die kleinste Furcht vor aller irdischen Strafe war. Am Tage, der seinem Ausschluss aus der Kirche folgt, anerkennt er das Gericht, gesteht die Morde und bittet, man möge die Exkommunikation widerrufen, was auch geschieht. Die Richter waren aber mit einem allgemeinen Geständnis nicht zufrieden; gute Leute aus dem XV. Jahr-

hundert waren sie Freunde starker Aufregungen,
wovon ihnen, dem Volke! dieses Quälen des
feinen Menschen nicht die geringste war. Gilles
aber wollte nicht mehr sagen, als dass er ge-
mordet habe. Die Richter hiessen die Knechte
nach den Foltern gehen. Gilles wird blass und
sagt, was man von ihm verlangt, nicht aus
Angst vor den Schmerzen der Daumenschrauben,
aber aus Eckel vor der Gemeinheit dieser Dinge.
Auf die Frage des Richters, wieso und durch
wen er auf die Absicht seiner Verbrechen kam,
beginnt er sein Geständnis (das sie ihm Stück
für Stück herausreissen), mit den Worten: Mein
eigener Gedanke trieb mich, das zu thun. Es
war mein eigner Gedanke, den ich nichts sonst
zuzuschreiben habe als meinem eignen Verlangen
nach Kenntnis des Bösen. Aus allen Antworten
klingt immer: Quält mich doch nicht, ihr Tölpel,
macht euer Ende. Auf die immer wiederholte
Frage der Richter, warum er dies that, antwortet
Gilles: weil ich das Böse kennen lernen wollte.
Es ist kein anderer Grund. Je vous ay dit de
plus grans choses que n'est cest cy, et assez

pour fair mourir dix mille hommes.   Als er von
Francesco Prelati Abschied nimmt, sagt er ihm:
Gott mit dir, Franciscus, wir werden uns in
dieser Welt nicht mehr wiedersehen, aber in
drei Tagen werden wir der Freuden des
Paradieses teilhaftig sein.   Dann sprach
er noch dreimal zu den Müttern und
Vätern. — Den Franciscus ver-
brannte die Inquisition, den Gilles
de Rais das Hochgericht am
26. Oktober 1440. — —

Ninon de Lenclos: ein Beispiel

> „So weit es Frauen betrifft sind
> Klugheit, Gesund, Sinnlichkeit und
> Schönheit unzertrennliche Begriffe, aus
> derem jeden sich die anderen drei von
> selbst ergeben".
>
> Frank Wedekind

ch möchte den Frauen eine moralische Geschichte erzählen, die ihnen ein erbauliches und nachzustrebendes Beispiel sein soll, dafür, wie ein tugendhaftes Leben zu führen sei, dass es sich und den Mitmenschen zum Quell beständiger Freude werde. Welche andere Geschichte würde da besser taugen als die von der schönen Ninon? —· Henri de Lenclos war ihr Vater, nicht von übler Herkunft, ihre Mutter war eine Raconis, und Ninon wurde beiden als einziges Kind in die Ehe geboren und dies am 10. November 1620 zu Paris. Die Mutter befand sich im Zustande grosser Frömmigkeit und gab der Tochter schon früh den Traktat des Franciscus de Sales De Amore Dei zur Lektüre; der Vater that dasselbe mit den Büchern des verehrten Montaigne und

des Gassendi, denn er war ein Freigeist, und er
gab ihr auch den Namen Ninon. Die Erziehung
des Vaters fand die Kleine mehr nach ihrer An-
lage, und was die der Mutter betrifft, so kam
sie schon mit dreizehn Jahren zu dem so kurzen
als treffenden Schluss: qu'il n'y avait rien de
vrai à tout cela. Es ist Herr Tallement, der
diesen Ausspruch in jener seiner oft so malitiösen
Histoiriettes aufgezeichnet hat, die er der Ninon
widmet. Bei ihren ausgezeichneten Talenten war
es dem väterlichen Erzieher sehr früh schon
möglich, seine gewandte Schülerin und schöne
Tochter in die Gesellschaft des Marais einzu-
führen, die unbekümmert um die innere und
äussere Not des Landes sich mit Sicherheit und
Grazie dem heitersten Genuss der Tage hingab,
die noch das Abendrot der späten Renaissance
vergoldete, mehr zu wollustvollem Ruhen und
Geniesen ladend als zu That und Handeln wie
früher, als diese Sonne noch in Mittagshöhe
stand. Nun war die Müdigkeit der Muskel gut;
sie machte die Sinne lebendig und rückte das
Abenteuer, das man sonst zu suchen ging, näher.

Und mit Ninon kam Sinn und Beziehung in die
Ausgelassenheit des Geistes und anmutige Grazie
in die Lust der Sinne — was alles ihre Schönheit vermochte, die von jener harmonischen Art
war, wie sie von dem verständigen Enthusiasten
weiblicher Schönheit in den Satz gefasst ist, den
ich diesem Texte als Argument mitgab. — Es
ist nicht auffallend, dass die Beschreibungen von
Ninons Reizen sich so widersprechen, dass Tallement sogar sagt, qu'elle n'en eût jamais beau-
coup, und dass die auf uns gekommenen Por-
traits — Stiche von unbeholfener Hand — keine
schöne Frau zeigen. Mag dieses an dem Unvermögen der kleinen Zeichner liegen — dass
sich die Urteile der Männer widersprechen, dies
liegt am verwirrenden Rufe von Ninons Schönheit, möchte auch im Zorne der Verschmähten
einen Grund finden, ist aber vor allem dieses
Ursache, dass sich solche harmonische Schönheit
nur dem ganz offenbart, der über dem Einzelnen
das Ganze nicht versäumt, auf dieses als ein
Kenner immer bedacht ist und der ganzen Schönheit ungeteiltes Empfinden ihrer Macht entgegen-

bringt. Die Memoirenschreiber sprechen von
Ninons hoher Gestalt, ihren feinen Beinen und
noch feineren Armen und den schönsten weichsten
Händen. Ihre Haut, sagen sie, war weiss und
zeugte im Vereine mit jenem mässigen Embon-
point des Körpers für gute und beständige Gesundheit. Kastanienbraun war ihr Haar und
schwarz die Brauen, wohlgetrennt und wohl-
gebogen; Augen wie tiefschwarzer Samt, patte
de velours, Augen, in welchen zugleich der
Widerstand und die Wollust herrschten. Die
Zähne waren ohne Gleichen, die Lippen, un peu
raillantes et relevées vers le coin, dass man
danach verging, von ihnen geküsst zu werden,
ihr Lächeln war eine gütige Verheissung. Doch
nein! Es mögen die Schönheiten von Ninons
Körper eine Legende bleiben, die jeder erzählen
soll mit dem schönsten Schmucke sehnsüchtiger
Erfindung oder seiner besten Geliebten entlehnten
Wahrheit. So waren die Augen Ninons, dachte
ich unlängst, als ich den Blick einer Frau sah,
der wie flüssiger Bernstein leuchtete — dies
waren die Füsse Ninons, fiel es mir gestern ein,

als eine Frau vor mir herging und die Schleppe hob. Und waren Ninons Hände nicht gleich den deinen, Geliebte, weisse köstliche Becher, daraus ich den Wein schlürfte, den du mir darin reichtest? Jeder kennt Ninon, und jeder weiss, wie schön sie war, und jeder kennt sie anders — und es ist Ninon.

Sind die Zeitgenossen Ninons auch voller Widersprüche und Unzulänglichkeiten, wenn sie von den Talenten des Körpers sprechen, so sind sie doch einig in Lob und Preis von Ninons Gaben des Geistes. Und keine erfundene Geschichte, geneigte Frauen, die ihr mir zuhört, könnte wahrhaftiger ein Beispiel zu dem Satze geben, wie Grund und Ursache aller schönen menschlichen Dinge die wohlbeschaffene Sinnlichkeit ist. Ninon waren alle Talente der Gesellschaft ihrer Zeit eigen, und sie übte sie mit so vielem Reize, dass, was oft das Schicksal erfährt, in leerer Form sich auszugeben, durch sie zu stärkerem Leben erwuchs. Sie spielte die

Laute und die Theorbe, galt als die beste Tänzerin der Sarabande und entzückte die Hörer mit einer Stimme, die nur une petite voix de ruelle war, doch sagte sie: la sensibilité est l' âme du chant und sie sagte es nicht nur. Aber dies waren die Gaben für die kleinen Gelegenheiten des heiteren Zufalles — was ausser diesen und ausser Ninons Schönheit ihren Ruhm schuf, war die Güte ihres Herzens, die Lebhaftigkeit ihres Witzes, die Sicherheit ihres Thuns. Die zuverlässigste Freundin war sie ihren Freunden, die dieses Verdienst an ihr rühmten wie die Geliebten das andere ihres Körpers. — Le moindre defaut de filles galantes est la galanterie, sagte La Rochefoucauld, und Ninon war galant, doch keine galante Fille, wie man damals diese Frauen hiess. Ninon war eine Amourense und hatte ihre caprices, wie sie es nannte. Und sie gewann aus ihnen jene kostbaren Weisheiten über die Liebe und diese graziöse Theorie der Wollust, die ich jenen meiner freundlichen Lauscherinnen als einen Traktat empfehlen möchte, deren Temperament ein so schöner Ausgang und An-

fang ist, der in schlimmster Litteratur oft endet
oder in völligem Verluste, jenen Frauen, die ich
bitten möchte, nicht auf den Orpheus zu hören,
der zum steinerweichen singt, sondern dem Eros
zu folgen, der gar nicht singt. — Ninon machte
sich nichts aus der Metaphysik der Liebe; sie
erklärte „aimer, c'est satisfaire un besoin", und
sie liebte dieses kleine cynische Wort, weil es
sich so präcise gegen das stellt, was ihr als die
Gefahr der Liebe erschien: die Idee der Liebe
mit ihrem Gefolge trügender Gefühle, falscher
Worte und schlechter Thränen. Und dann ist
zu bemerken, dass dieses Wort die naive Wahrheit ist, wenn die Frau es ausspricht, die Frau,
die uns verwirrte Männer immer überrascht durch
die oft so sonderbare Wahl ihrer Geliebten. Un
besoin à satisfaire: Doch man muss dieses Bedürfnis nicht in seinem engsten Verstande be-
greifen und davor erschrecken. Ninon kannte
gar wohl die Köstlichkeiten des Zweifels, der
Erwartung, des ersten Wortes, und auch diese
waren ihr Bedürfnis; nur liess sie sich davon
nicht zu den Täuschungen verwirren über den

tieferen Sinn aller dieser Dinge oder dass sie gar diesen selbst darüber in sich verbraucht und verloren hätte. Ein Beispiel für den weiteren Begriff, unter dem Ninon von dem besoin sprach, möge die subtilen Schwärmer beruhigen: „Giebt es ein köstlicheres Gefühl als das des Geliebten, der sich geliebt weiss? Giebt es in der Liebe etwas Entzückenderes als den Widerstand einer Frau, der zu bitten scheint, ihre Schwäche nicht zu missbrauchen? Giebt es etwas Verführenderes als die Stimme, der die Erregung den Atem nimmt? Als das Verweigern, das die Geliebte ach! sich selber vorwirft . . . ?" Die Ninon nahm die Liebe für das was sie ist, für einen Geschmack, der sich auf den Sinnen gründet, ein blindes Sentiment, welches kein Verdienst in dem Gegenstande, der es erweckt, voraussetzt, noch denselben zu einer Erkenntlichkeit verbindet, ⚬ mit einem Worte für eine Laune, eine Kaprice, die nicht von uns abhängt, „et qui est sujet au degoût ou au repentir". Warten sie meine Kaprice ab, sagte Ninon dem, der auf sein Glück ungeduldig war. Ninon hat nie mit ihren Geliebten gebrochen; sie gab ihnen,

wenn sie nicht mehr liebte, einen Abschied in
aller Schönheit, so dass sie ihre Freunde bleiben
mussten.   So gross war diese Frau und so sicher
in ihrem Liebesvermögen, dass sie nie in Feig-
heit vor dem Worte: ich liebe dich nicht mehr,
die Krämpfe bekam oder jene Komödie spielte,
die in Lügen einen traurigen Zustand hinzieht
und deren Heldin glaubt, nun, da das Ende ein-
getreten, den hassen zu müssen, den sie geliebt
hat.   Aus ihrer Natur formte dies Ninon in den
Satz: „Wenn eine Frau keinen Geschmack an
einem Manne findet, der ihr zu gefallen sucht,
so soll sie seine Leichtgläubigkeit nicht missbrauchen, und ihm ohne Hoffnungen zu erwecken
klar und deutlich den Abschied geben.   Sie muss
aber auch, wenn sie wiederliebt, sich nicht länger
bitten lassen als es ihr angenehm ist und die
Süssigkeit des Vorgenusses es verlangt".

Einige bestreiten es, dass Coligny der erste
Geliebte der Ninon war, und nennen dafür den
Herrn de Saint Étienne; aber Saint Evremont,

Ninons bester Freund, verdient um dieser seiner
Freundschaft vielen Glauben. Und er nennt
Coligny als den Glücklichen. Man weiss, dass
dieser Herzog von Chatillon Protestant war, und
so gross war der Zauber Ninons, dass sie es sich
erlauben konnte, mit dem Herzog über dessen
Religion und die Vorzüge der eigenen zu streiten,
ohne dass dieser davonlief. Wie es mit dieser
ersten Liebe zu Ende ging, davon fehlen die
Dokumente. Eine kleine Bosheit, die man sich
darüber nicht ohne Witz zusammenlügte, deren
Kosten Coligny tragen musste, weist sogar Talle-
mant als Erfindung zurück, doch weiss auch er,
der alles wusste, nichts über den Schluss von
Ninons erster Liebe zu sagen, die ihr die weise
Kenntnis ihrer selbst zu früher Frucht zeitigte. —
In diesen Tagen ihrer ersten Liebesweisheiten
lernte Ninon die berühmte Marion de Lorme
kennen, die damals, obzwar nicht mehr jung,
doch immer noch so schön war, wenn sie auch
kalte Fussbäder nehmen musste wegen ihrer
etwas geröteten Nase. Manches hatten die beiden
Amouerses gemeinsam — nicht nur, wie es

vorkam, die Geliebten; aber eines unterschied sie bedeutend: Marion zeigte nicht wie Ninon die schöne Uneigennützigkeit in der Wahl. Doch waren sie gute und würdige Freundinnen, wie es auch sonst der Ninon natürlich war, dass sie in der Sicherheit des eigenen Wertes Angst vor den Frauen nicht kannte. Ces deux Laïs nannte die Beiden Saint-Evremond, und eine war stolz auf die andere und waren voll hübscher Aufmerksamkeiten für einander. Oft schliefen sie zusammen, nach gutem Brauche der Zeit und: „Lesbos où les baisers sont comme des cascades . . .“; einmal schenkte die Maion der Ninon kleine spanische Hunde in einem seidenen Körbchen. Der gar nicht galante Herzog von Saint-Simon muss von ihnen sagen: elles aquirent une réputation et considération tout à fait singulières. Die beste Gesellschaft verkehrte in ihren Salons. Ich nenne nicht die Namen der Vergessenen, aber Grammont, den der Graf Hamilton bekannt gemacht hat, Saint-Evremond den Dichter, Desbarreaux, den Herrn d'Elbène, der von seinen Schulden lebte wie ein anderer

von seinen Einkünften, Desyvataux, und Scarron
als er noch jung und wohlgestaltet war. Wenn
diese Herren auch ohne Neid die Liebe Ninons
Colignys gesehen hatten, so sahen sie doch die
Trennung nicht ohne Vergnügen. Der Besitz
einer Sache giebt eine viel richtigere Vorstellung
von ihr als das Verlangen danach: nun rüstete
sich jeder und Ninon erklärte, dass sie Beständigkeit und Treue einer weit edleren Gesinnung
aufbehielte: der Freundschaft. Coligny und
anderen folgte de Palluan, dem de Miossens, „..
aux maris si terrible — le Miossens à l'amour
si sensible ...."

Die Treue für die Freundschaft. Ninon gab,
wie es in dem graziös pointierten Satz des
XVIII. Jahrhunderts heisst, „sie gab ihren Geliebten die gefährlichsten Rivalen in der Person
ihrer Freunde." Der arme Scarron musste das
heitere Marais verlassen, um in Faubourg Saint-
Germain eine Gesundheit zu suchen, die er nicht
mehr finden sollte; denn er kam völlig gelähmt

5

wieder ins Marais zurück, wo er in Ninon die treuste Freundin fand, die tagelang bei ihm weilte, der sich nicht aus dem Stuhle rühren konnte. Von der Ninon hatte es der Graf Grammont nicht gelernt, der seine besten Freunde sofort aufgab, wenn sie krank wurden. Scaron war nicht der einzige, der nun in Ninons Salon fehlte: der alte prächtige Desyvetaux war plötzlich verschwunden, und da seine Angelegenheiten nie zum besten standen, fürchtete die gute Freundin Ninon, der lustige Alte sei auf einmal schwerem Trübsinn verfallen, und sie ging ihn suchen. Sie fand ihn glücklicher als je. Und dies ist eine hübsche Geschichte. Als abends einmal Desyvetaux heimkam, lag vor seiner Thüre ein ohnmächtiges junges Mädchen und neben ihr eine Harfe. Er liess sie in sein Haus bringen und ihr reichen, was nötig war. Sie kam zu sich, und Desyvetaux erkannte bald, dass sein Herz nicht gleichgültig geblieben war. Mlle Dupuis — so hiess die Kleine — spielte nun auf ihrer Harfe aus Erkenntlichkeit für ihren Retter, der ein grosser Freund der Musik war. Und als sie gar zu

singen anhub, wusste er, dass er sich niemals
mehr von ihr würde trennen können. Er über-
redete sie, bei ihm zu bleiben, und das Mädchen
blieb, da sie sah, wie glücklich sie den alten
Herrn machte, für den nun das schönste Idyll
anhob. Er zog sie als eine Schäferin an, sich
selbst als einen Schäfer Corydon — der Gute
war siebenzig alt — und lauschte, auf dem grünen
Teppich seines zierlichsten Zimmers gelagert, den
Tönen, die seine Schäferin aus ihrem Instrumente
zwang. Zärtlich wie er, der oft dazu die Flöte
blies, verliessen von diesem harmonischen Klange
gerührte Vögel ihre Bauer, liebkoseten mit ihren
Flügeln die Harfe und erstarben darauf noch
trunkener voll Lust auf dem Busen der Schäferin.
Die zu solcher Galanterie wohlerzogenen Vögel
waren das äusserste Entzücken des alten Corydon,
der nun nur mehr Eklogen sprach. — Das ist
vielleicht sehr lächerlich, aber ist es nicht auch
sehr rührend? Ninon, die Desyvetaux so mit
Hirtenstab und rosarot gefüttertem Schäferhut fand,
liess es sich gar nicht angelegen sein, ihn wieder
auf seine frühere Lebensart zu bringen, da diese

5*

neue sein volles Glück ausmachte. Sie blieb
seine Freundin und besuchte ihn oft in seiner
zärtlichen Maskerade, die er nie mehr aufgab; als er im Sterben lag, bat er Fräulein
Dupuis um seine Lieblingssarabande und verging selig lächelnd, ein gelbes Band in den
Händen, „aus Liebe zu Gentille Ninon, die es mir
gegeben hat."

Doch so sehr sich auch Ninon um ihre
Freunde kümmerte, sie versäumte darüber der
Liebe keine Zeit. Sie sagte es oft denen, die ihr
gefielen, oder sie schrieb es ihnen, wie dem
Herrn Novailles, worüber man sich bei den
Précieuses im Hotel Rambouillet sehr erregte.
„Ich glaube, ich werde dich drei Monate lieben —
eine Ewigkeit für mich" schrieb sie dem Mar-
schall d'Estrées, von dem sie sich später in einem
Zustand fand, „dont on rougit lorsquelle n'est
pas le fruit d'un lien respectable et nécessoire
à l'ordre établi par les fortunes". Da auch der
Abbé d'Effiat Rechte auf das Kind zu haben be-

hauptete, und Ninon nicht entscheiden wollte
oder konnte, so that man es mit Würfeln, die
dem Kinde und dem Marschall günstig fielen.
Der Sohn wurde als ein Chevalier de Bossiére
erzogen, war Marinekapitän und starb sehr alt
in Toulon als Freund der Musik und der Musiker.
Das Glück, in welchem Ninon ihre ganze Lebens-
zeit durch diesen Sohn sah, liess sie niemals die
Schwachheit bereuen, der es das Leben zu danken
hatte. Ninon wurde noch einmal Mutter, doch
nicht so glücklich. — Der dreizehnte Ludwig
war gestorben und mit der Regentschaft, die für
den minderjährigen Vierzehnten die Geschäfte
besorgte, beginnt jene Zeit der französischen
Galanterie, welche eine Europäische Kultur schuf.
Der Wechsel des Geschmacks stritt wider keine
Pflicht.
Der süsse Irrtum selbst hiess kein Verbrechen.
Vergnügen nannte man die zarten, feinen Laster.

Das war die glücklichste Zeit Ninons, die
Zeit ihrer vollsten Schönheit und ihres grössten

Ruhmes. Sie war die berühmte Ninon, doch sie wollte ihrem Rufe nie ein Glück der Liebe danken. Sie bevorzugte jene, die sie nur um ihrer selbst willen liebten und fand an den anderen nichts, die der Ehrgeiz der Roués die Liebe Ninons suchen hiess. Die gute und hohe Meinung, die sie von der Liebe hatte, dass sie eine caprice-passion von Anfang zu Ende sei, bewahrte sie von allen falschen Ambitionen und gab ihre diese Sicherheit, dass ihre Kaprize nie einen Unwürdigen beglückte. So kannte sie die Reue nicht, weil sie keine Enttäuschung kannte, wenn man nicht eine solche in ihrem kurzen Verhältnis mit dem Duc d'Anghien sehen will, der trotz seiner robusten Schönheit weniger für den Dienst der Venus als für den Bellona's geschaffen war. In seinen Armen muss Ninon das Wort eingefallen sein: Pilosus aut fortis aut libidinosus, denn sie seufzte einmal auf: Ach mein Herr, Sie müssen sehr tapfer sein! — Doch bewahrte sie dem Herzog ihre Freundschaft und hatte sein Bild lieb, unter das Claudien die Verse geschrieben hatte: Pour avoir la valeure d'Hercule,

Il n'est pas obligé d'en avoir la vigeur. — Beständigkeit in der Liebe hielt die Ninon nur für eine sehr mittelmässige Tugend, ja sie nannte sie die Furcht, ein anderes Herz zu finden, wenn das eine aufgegeben. Auch war immer sie es, die verabschiedete, die mit dem klugen Instinkt für den Moment den wählte, der den Geliebten noch nicht müde fand. Keiner sollte an ihr satt werden, denn jeder sollte ihr Freund bleiben. — Es war unausbleiblich, dass Frauen, denen es die Natur versagt hatte, dem Beispiele der Ninon zu folgen, von dieser Lebensführung skandalisiert waren. Die Königin-Regentin schickte eine Garde, die die Ninon ins Kloster der reuigen Mädchen bringen sollte. Aber da Ninon, wie Bautru gut bemerkte, weder reuig, noch Mädchen war, musste man ihr selbst die Wahl des Klosters lassen, als welche sie das der — Grands Cordeliers nannte. Anna von Österreich war darüber sehr zornig, aber dem Herzog von Enghien gelang es nicht nur, diesen Zorn zu sänftigen, sondern der Regentin auch so viel schönes von Ninon zu erzählen, dass es der hohen Dame sehr leid that,

jener so allgemein geschätzten und bewunderten
Person Ungelegenheiten bereitet zu haben.

Doch entschloss sich Ninon, Paris zu verlassen, in dem es unruhig wurde. Man sprach
selbst in den Salons zu viel von den neuen
Steuern und der Politik; die Meinungen teilten
sich, Parteien entstanden, sie debattierten —
Ninon fand das unerträglich und ging fort. Sie
hatte damals den Marquis von Villarceaux zum
Geliebten, und Ninon war in dem Alter, das
mehr das der Passion als der Kaprize ist. Der Marquis war so eifersüchtig, dass er oft kleine Jungen
unter Ninons Bett zur Spionage versteckte. Da
schnitt sich die wundervolle Frau ihr Haar ab
und schickte es dem Eifersüchtigen als ein Zeichen
der Treue. Villarceaux lief, stürzte zu ihr „et
ils restaient des huit jours de suite au lit". Es
war eines der Güter des Marquis, wohin sich
Ninon mit ihm zurückzog, und wo sie drei Jahre
blieb, drei treue Jahre, woran man sehen kann,
dass die Ninon nicht unbeständig war aus Mangel

an Tiefe. Aber vielleicht war die Treue auch nur so lange, weil Paris so weit war. Als die Beiden dahin zurückkamen, war der Marquis noch immer der Verliebte — doch Ninon nahm einen anderen. Und wieder einen anderen. Paris war wieder glücklich und mit ihm Ninon; es schien die Sonne, da der junge vierzehnte Louis König war und Molliére seine Komödien schrieb, die er der Ninon vorlas. Diese teilte Saint Evremont, der in London als ein Exilierter lebte, mit, dass sie fast jeden Abend Gott für ihren Verstand danke und ihn jeden Morgen bitte, dass er ihr die Thorheiten des Herzens bewahre. Ich will nicht die Geschichten aller dieser sottises von Ninons Herz erzählen, die man in den Büchern findet, wie in dem saffiangebundenen Schwabacherdruck des galanten Jahrhunderts, aus dem ich das beste dieser Geschichte habe, — nichts von Gourville und nichts von Sancourt, der allen Frauen gefiel und nur seiner eigenen nicht, und nichts von Chapelle, der das Unglück grosser Hände und eines dicken Bauches hatte, zwei Dinge, die Ninon nicht ausstehen konnte, und

wie dieser Schreckliche den Eid schwur, sich
jeden Tag zu betrinken und jeden Tag ein
Schmähgedicht auf Ninon zu machen, bis er
ihre Gunst erreicht hätte. Betrinken that er sich
bis an sein Lebensende, aber Gedichte schrieb
er nur dreissig; doch auch am einunddreissigsten
Tage war ihm die Ninon nicht gnädig und an
keinem. Die Geschichte mit de la Chatre kann
man überall lesen. Auch alles einzelne, das sich
mit dem Sohne der Madame Sévigné zutrug,
dem schönen Knaben, dessen Glück bei Ninon
von wenig längerer Dauer war als das seines
Vaters, der mitten aus der ersten kurzen Liebe
weg in einer anderen Schlacht sein Leben liess.
Und doch verkehrte die Sevigné, die den Mann
und den Sohn an die Ninon verloren hatte, mit
dieser in bewundernder Freundschaft. Dann war
der Tänzer Pécour — „er tanzte und gefiel“ —
der glückliche Nebenbuhler des so tugendhaften
als verliebten Choiseul, der weiter nichts konnte,
als ewig seine Liebe sehr langweilig erklären
und dem Ninon sagte: „C'est qu'il faut cent
fois plus d'esprit pour faire l'amour que pour

commander les armeés". Der Tänzer war glücklich und frech. Als ihn Choiseul einmal in einer
Art Uniform bei der Ninon traf und etwas
spöttisches darüber bemerkte, sagte ihm Pécour:
„Monseigneur, erstaunen Sie nicht, dass ich ein
bischen Uniform trage. Je commande un corps
où vous servez depuis longtemps".

Ninon hätte viel zu thun gehabt, wenn sie
überall das Feuer, das sie entzündete, gelöscht
hätte. Und dann — Ninon war nicht mehr jung,
sie war nun sechzig geworden. Aber ihrer
Schönheit that die Zeit nichts. /Sie sagte oft
ihrem Freunde de la Rochefoucauld, er müsse
seinem Satz, dass das Alter die Hölle der Frauen
sei, in einer Note anfügen, dass dies für sie nicht
gelte. / In dem Paradiese ihres Herbstes wurden
die Blätter nicht gelb und sangen noch immer
die Nachtigallen. In den kleinen Fältchen um
den Augen blieb lachend die Liebe. Die Jüngsten
sahen nicht, dass Ninon alt war, und die Ältesten
wurden wieder jung, wenn sie sie sahen. In

dieser Zeit erlebte die Ninon die Tragödie, die einzige in ihrem Leben, deren grosses Motiv der Triumph ihrer Schönheit ist. Ein Sohn der Ninon von einem de Gersay wurde als Chevallier de Villiers erzogen und verkehrte wie viele junge Leute, deren Eltern sie hinschickten, damit sie da lernten, in dem Salon der Ninon, von der er nicht wusste, dass sie seine Mutter sei. Und er verliebte sich in sie mit der Glut der Zwanzigjährigen. Ninon war gütig, zurückhaltend, ablenkend — doch es kam dazu, dass sie es ihm sagen musste. Er ersticht sich, und in den Augen des Sterbenden, über den sich Ninon beugt, ist noch immer die Liebe.

Nun nannte man die Ninon Mademoiselle de Lenclos: sie war ruhiger geworden. „Elle si contenta de l'aise et du repos après avoir senti qu'il y a de plus vif', wie Saint Evremond es fein und gütig sagt. Nicht dass sie die Liebe aufgab — wurde sie doch von der Liebe nicht aufgegeben! — aber sie bemühte sich, das Herz

ruhiger schlagen zu machen. Sie war neunund-
siebenzig alt, als sich der Abbé Gédoyn in sie
verliebte. Sie hielt ihn hin, und als sie ihn dann
endlich, noch einmal Ninon! in ihrem berühmten
gelben Boudoir empfing, und der Abbé über
ihre Grausamkeit seufzte, mit der sie ihn so
lange diese Stunde habe erwarten lassen, sagte
ihm Ninon: „Verzeih, Geliebter — aber, glaub
mir, meine Sehnsucht war nicht geringer als die
deine . . . aber ich wollte — ein bischen Eitel-
keit noch, und weil es doch ein seltener Fall
ist — abwarten, bis ich achtzig Jahre habe, und
achtzig bin ich seit heute morgen." Ein Jahr
dauerte diese letzte Liebe Ninons, dann ging
Gédoyn auf Reisen und zeigte wenig Lust, zurück-
zukommen. So schrieb ihm Ninon: „. . . les
plus courtes folies sont les meilleurs." . . . .

Am siebenzehnten Oktober eintausendsieben-
hundertfünf starb Ninon. — Am Allerseelentage
tausendsiebenhunderteinundfünfzig war es bei den
Damen des Hofes Mode, vor einem Totenkopf

die Andacht zu verrichten. Man schmückte
ihn mit Bändern und Rosen. Die Königin
hatte das Haupt der Ninon für ihre Zerknir-
schung und nannte es: „ma belle mignonne".

Wollen wir nicht, liebe Freundinnen,
da die Stunden noch schōn sind, in
süssen Worten von der grossen
Ninon reden, in Worten, die
ihr Andenken wie Rosen
und Bänder schmücken?

Aus den Briefen des Abbé Galiani

aliani war einer jener vielen Abbés ohne Weihen, wie sie in der zweiten Hälfte des achtzehnten Jahrhunderts zu den Unentbehrlichkeiten der guten Gesellschaft gehörten. Er lebte zehn Jahre lang, von 1760—1770, in Paris als Sekretär der neapolitanischen Gesandtschaft, liebte sehr die Frauen und war der Plagegeist der Philosophen, die gerade daran waren, den lieben Gott abzusetzen. Er plauderte eines der diplomatischen Geheimnisse aus, und dies kostete ihn Paris. Von dieser Zeit an bis zu seinem Tode — er starb 1787, achtundfünfzig Jahre alt — versah er in Neapel viele und hohe Ämter, sammelte als Liebhaber Bücher, Bilder, Kuriositäten und Erinnerungen an seine Mätressen — und sehnte sich nach Paris. Dort lebte er sein eigentliches Leben weiter; die Briefe, die er dahin schrieb — sie füllen in der Levyschen besten Ausgabe zwei Bände von 1200 Seiten — sind die Dokumente dieses Lebens, die Fenster seiner Seele, durch die wir in ihr Inneres blicken können. Sie öffnen

sich zu Frauen hin: zwei Drittel der Briefe sind
an seine Freundin, die d'Épinay, an die Damen
Necker und du Boccage gerichtet, die anderen
an Grimm, seinen intimsten Freund, an Diderot
und Holbach. Was ich von diesen Briefen unten
folgen lasse, wird Galiani besser vorstellen als es
sonst etwas vermöchte. Diese Briefe schreibt
kein Autor, der seinen Schriften eine Folie zu
geben versucht, kein Diplomat, der seine Künste
enthüllt, kein Denker, der damit seine Systeme
kommentiert — es sind Briefe, nichts weiter.
Briefe, in denen sich ein Mensch offenbart. Bei
Briefen von Künstlern, Staatsmännern, Denkern
suchen wir Züge, Details zu einem vorbekannten
Bilde. Zu den Briefen Galianis hat man einen
solchen Haltpunkt nicht; hier ist ein Mensch zu
finden: das Ganze. Keiner findet da endgültig,
jeder nur nach Neigung und individueller Vorbereitung.

Die Gesellschaft des achtzehnten Jahrhunderts
liebte die vielen Spiegel in den Gemächern; man

konnte sich nicht oft genug sehen; und doch nicht oft genug und nicht genügend. So schrieb man Briefe. Denn die Briefe sind Spiegel: man schaut in sie hinein, wie man will, dass man von anderen gesehen wird. Die Briefe von damals sind nicht Mitteilungen wie die von heute, sie sind fixierte Toilettekunststücke des Geistes. Die Damen empfingen damals zum Lever die Besuche. Der Lever war keine Intimität. Auch die Toilette der Briefe war keine intime Angelegenheit; man schrieb sie meist für mehr als zwei Augen. Unglückliche, die keine oder zu wenig Adressaten hatten, nannten ihre Spiegel Memoiren. In Briefen behandelte man Wissenschaft, in Briefen schrieb man Romane; so sehr liebte man das Persönliche, dass man es wenigstens in der Form äussern musste, wenn es auch der Inhalt gar nicht vertrug. Briefe und Memoiren sind eine Lektüre für Liebhaber der Psychologie, für Menschen, die einen Genuss darin finden, die doppelte Persönlichkeit des Briefschreibers herauszubekommen, die natürliche und die erworbene, oder die breit hingelegte und die ver-

deckte. Das Bild im Spiegel gehört zu dem
Menschen, der hinein sieht; es sind seine Augen,
seine Nase, sein Mund — aber was kann er
damit nicht alles machen! Wie kann er täuschen!
Sich und die anderen! Aber — kann er täuschen?
Gehört nicht das Täuschenkönnen auch ganz zu
ihm? Folgt die Grimasse nicht der Form seiner
Natur? Dieses Spiel der menschlichen Seele ist
in den Briefen sehr reizvoll zu sehen. Und sie
gewähren noch eines: sie sind eine Probe auf
den Wert der Persönlichkeit, ein Gradmesser.
Jeder schaffende Mensch ist als Mensch mehr
denn als Schaffender; der Mensch muss für die
Zukunft versprechen, nicht sein Werk. Denn kein
irdischer Schöpfer kann, wenn er gross und ehr-
lich fühlt, von einem gethanen Werk sagen: siehe,
es ist gut. Er muss es besser noch in sich haben.
Ist es anders, so ist ihm das Werk nur eigen wie
durch Zufall. Wie mancher, den man für einen
Reichen hielt, erwies sich als ein Armer, da man
seine Briefe las. Mérimée ist es so ergangen.
So machten andere wieder ihre Werke vergessen,
als sie in ihren Briefen und Memoiren die ganze

Persönlichkeit brachten. So Amiel. So Galiani
und Casanova. Andere wieder haben sich als
Fürsten und Könige unter den Geistern offenbart,
da man ihre Briefe, nichts als ihre Briefe ver-
öffentlichte, wie Walpole und die du Deffand
oder der herrliche Wiener Villers.

Würden wir Galiani nur von seinen Büchern
her kennen, so würden wir ihn nicht kennen.
Zu seinem Buch „Della Moneta" — die National-
ökonomen nennen es klassisch — gelangt man
nur bis an die Zähne mit Wissen gewappnet
durch die Schanzwerke der Gelehrsamkeit, um
einen Gelehrten zu finden, einen Gelehrten aller-
dings von zwanzig Jahren. Zu seinen „Dialogues
sur le commerce des blés" ist der Weg unbequem,
weil man mit der Historie und Geographie des
Ortes vertraut sein muss, um alle die macchia-
vellistischen Bosheiten und Finessen recht verstehen und geniessen zu können. Das Ausser-
zeitliche, das Empörende, das dieses Buch enthält, macht uns sehr neugierig auf den Menschen,

der es geschrieben, und den wir nicht hätten,
wären nicht seine Briefe da.

So ist Galiani für uns kein Schriftsteller. Er
hat von diesem auch nicht die Gewohnheiten
und Sitten, er affektiert keinen Einfluss und nimmt
nicht die Attitüde vor dem Publikum an. Er
schrieb — und war kein Schriftsteller; das schon
hat etwas anziehendes. Die Schriftsteller kommen
zu ihrem Leben durch ihr Talent, Galiani kam
zu seinem Talent durch sein Leben, wie Casanova oder Stendhal, mit welchen beiden er viele
Ähnlichkeiten hat.

Die Pariser fanden manche Namen, mit
denen sie sich dieses neapolitanische Phänomen
an Körperkleinheit und Geistesgrösse in eine
Formel bringen wollten: einen „Harlekin mit
Platons Haupt" nannten ihn die einen, „einen
Macchivell mit Schellen und Pritsche" die anderen.
Diese Lösungen des Problems Galiani haben den

Stil des achtzehnten Jahrhunderts: man suchte
da den Menschen in der Bildung seines Verstandes,
man deutete ihn aus seinem geistigen Vermögen.
Der psychologische Stil unserer Zeit liebt das
als ein Sekundäres zu behandeln; wir betrachten
den Menschen nicht so ohne Rechnung seiner
Umgebung und Schicksale und Instinkte und
Krankheiten wie das andere Jahrhundert. Wir
suchen nicht mehr des Rätsels Lösung in den
Köpfen, seit wir die so leicht vom Rumpf springen
sahen und seit wir so viele Professoren haben
und Bildungsanstalten, die sie mit ihrem Geiste
versorgen.

Galiani war ein Skeptiker, auch der Skepsis
gegenüber. Doch ist das bei ihm nicht eine be-
queme Art des Denkens und des Urteilens, noch
weniger ein System — er hasste die Systeme! —
er war nur als ausserordentlicher Beobachter miss-
trauisch gegen die absoluten Wahrheiten geworden.
Er sah früh, dass alles wahr und falsch sein kann,
lustig und traurig, gut und schlecht — je nach-

dem. Und da er nichts in der Welt zu re-
präsentieren hatte, so legte er sich auch keine
gangbare, weiter helfende Moral bei. Sein Skepticismus ist nicht ein unruhiges, nervöses Nörgeln,
auch keine pedantische Aberweisheit — es ist
ein Lächeln, graziös wie das eines Harlekins
mit Klingeln und Schellen, wenn ihn die angebliche Wahrheit nicht stärker affiziert; boshaft
bis zum verlachenden Hohn, wenn ihm eine
solche Wahrheit gegen die Natur geht, gegen
seine Natur. Ein Skepticismus dieser Art ist
kein schöpferisches Prinzip, er macht ein nach
aussen projiziertes Werk unmöglich; ist man
damit ein Künstler, so wird man unsägliche
Qualen erleiden, denn der Künstler braucht die
festen Anker: er muss borniert sein.

Was Galiani alles schreiben wollte! Ein
Plan jagte den anderen, keiner wurde ausgeführt.
Dieses Unvermögen, das in seiner Art bedingt
war, merkte Galiani früh, und die Frucht dieser
herben Erkenntnis ist der Ton des Possenreissers,

in dem er sich oft gefiel; er wird cynisch aus
Wut über seine Klugheit. Die leichte geistige
Beweglichkeit und die Sinnlichkeit des Südländers
rettet ihn vor dem Verkommen. — Galianis
Leben weist nur einen einzigen Unglücksfall auf:
sein permanentes Glück. Das Glück wartete
schon auf ihn, als er zur Welt kam, liess ihn
sein Leben lang nicht los und ging in dem
Trauergeleite, das seiner Bahre folgte. Dieses
perfide, aufdringliche Glück gab Galiani die
Kenntnis aller Freuden, und es liess das andere
nicht an ihn herankommen: das Unglück, das
Leiden, Thränen, Trauer spendet. Diese Wohl-
thaten des Lebens genoss er nicht. So kam in
sein Leben nicht die Harmonie, aus der grosse
Dinge entstehen. Er verstand das Unglück nicht;
er rühmte sich, nie geweint zu haben! So unglücklich muss man sein, so durch die Pein des
hartnäckigen Glückes unglücklich werden, um
ein modernes Menschenideal, den Übermenschen,
naiv und mit der That erfüllen zu können!
Denn Galiani gewann seine Ansichten über Fürst
und Volk nicht aus der Lektüre des Macchivell,

sondern sie waren ihm mit seinem Leben gegeben, das ihn, wie er sagt, „in die Nähe der
Fürsten und nicht in die des Volkes gestellt hat."
Ein Buch, das er immer schreiben wollte und
das noch keiner geschrieben hat, wäre sein ent-
sprechendstes geworden: über Cesare Borgia,
„ce Gaillard".

Galianis Briefe aus seinen letzten Lebens-
jahren haben nicht jenen morbiden Schimmer
der Misanthropie wie die Briefe der du Deffand,
des Walpole und der anderen berühmten Epi-
stoliers der so amüsanten und so amüsierten
Zeit des ancien régime. „Alle Menschen werden
sich so gleich" klagt Walpole — es stieg die
Morgenröte der Égalité auf und mit ihr die
Langeweile dieser Gesellschaft, die Misanthropie
„au pastel" wie es Barbey d'Aurevilly nennt.
Den Naturgenuss kannte das achtzehnte Jahrhundert nicht; um die Sensationen des naiven
Glaubens hat es sich selbst gebracht; übrig blieb,
was der Verstand des Menschen dem Menschen

zu bieten vermag. Im Salon wurde der letzte Blutstropfen zu einem Bonmot verbraucht. Köpfe sassen an der Tafel, nur Köpfe; wie sollte man sich da am Menschen nicht ermüden, nicht langweilen! Wie wohl that diesen Organismen ohne organische Funktionen das Blut der grossen Revolution! Wie nötig war es ihnen! Systole und Diastole begann wieder, die Brust hob und senkte sich wieder, man suchte Raum für die neue, wiedererwachte Bewegung des Körpers; man musste die Kleidertracht ändern, denn alles war nun zu eng, zu beengend geworden: sans culottes ging man am liebsten. Zu den Köpfen, die sich geistreich gelangweilt hatten, kamen wieder Hände, die zupackten, Bäuche, die verschlangen, Beine, die viele Kriegsmärsche machen wollten. Die Menschen wurden — der proklamierten Égalité zum Trotz — wieder ungleich, und die misanthropische Langeweile verschwand.

Galiani starb zur rechten Zeit. Er wusste, was im Kommen war, und oft hatte er seine

philosophischen Freunde vor dem Wege, den
sie gingen, gewarnt, den sie in den Tod gingen.
Er langweilte sich nicht, weil er wusste, dass
Alles bald ganz anders würde — er hatte genug damit zu thun, den schwindenden Rest des
Ancien régime mit allen seinen Freuden aufzu-
brauchen; dass er dies nicht in Paris thun kann,
ist sein einziger Kummer. Zwei Jahre vor 1789
trat er ab, als ob er den Menschenrechten aus
dem Wege gehen wollte, er, der nur Herren-
rechte gekannt und gutgeheissen hat.

(An Mad. Necker, 28. 8. 1769:) „Der
Teufel hole das Empfindsame! Habe ich davon,
was Gott mir verzeihen möge, so ist es sicher
nicht von meinem Besten. Sie, Madame, haben
viel zu viel davon. Ihr liebenswürdiger, letzter
Brief hat diesen einen Fehler: Sie sprechen zu
viel Sentiments. Warum nicht von Ihren kleinen
Füssen? Was riskieren Sie dabei? Ich bin in
Genua, Sie in Paris. Wenn Sie diesen Ton bei-
behalten, so habe ich wohl Tage, an Sie zu

denken, aber keine Nächte, von Ihnen zu träumen". (An Mad. Necker, 6. 7. 71:) „Erinnern Sie sich, dass ich Ihnen einmal Elogen machte, deren Refrain war: Schade, dass sie so viele Prinzipien in ihrem Kopfe und keine Inkonsequenz in ihrem Herzen hat. Ach diese Soirée, wo ich ein Monstrum war, weil ich zu sagen wagte, was alle Welt dachte! Ich sagte, dass ich die Männer nur liebte, weil sie Geld haben — und Herr Necker hat es — und die Frauen, weil sie schön sind — und Sie sind schön. Dann sagte ich, dass ich den Hausherrn und die Hausfrau liebe, das Geld meiner Freunde und die Betten meiner Freundinnen — Gott! Alles war skandalisiert, empört und — nannte mich ein Ungeheuer". (An Mad. d'Épinay, 10. 1. 71:) Sie hatte manche Sorge um ihren Sohn, der nichts rechtes werden wollte. „Was zum Teufel hat Sie auf die verruchte Idee gebracht, mit Herrn d'Épinay Kinder zu machen! Wissen Sie nicht, dass die Kinder dem Vater nachschlagen? Sie sahen, dass Herr d'Épinay ein Verschwender ist; da muss man die Kinder mit meinem Gesandten, dem Marquis Castromonte, machen, der zur kritischen Zeit doch in Paris war; er hätte Ihre Familienangelegenheiten aufs Beste besorgt. Waren Sie denn jemals vom Wahne besessen, an Rousseau und seinen Emile zu glauben; zu glauben, dass Erziehung, Maximen, Lehren etwas an der Organisation des Produktes zu ändern vermögen? Machen Sie mir doch aus dem Wolf einen Hund, wenn Sie können! — Übrigens, ich war niemals Mutter; vielleicht ein paar mal Vater — und das bedeutet nicht viel". (An Mad. d'Épinay, 8. 12. 70:) „Der Tod ist eine hässliche Sache. Glauben Sie mir: die alten Philosophen, die sagten, der Tod sei nichts, haben geschwindelt. Leben Sie und leben Sie so viel Sie können". (An Mad. d'Épinay, 19. 6. 73:) „Ja, ja, man hat leicht ein trübes Gesicht zu machen auf unser Geschick. Wir sterben, wir und unsere Gesichter, unsere Einfälle, unsere Porträts, unsere Andenken — alles, alles geht hin. Welch schöner Wahn der Alten, alles für die Unsterblichkeit zu thun! Die angebliche Unsterblichkeit ist nichts als ein strittiges Terrain des Vergessens, doch

so kraftlos bestritten. Lassen wir das; das ist
ein düsteres und verzweifeltes Träumen, von
dem ich mich jetzt befreien will. Bleiben wir
beim Wahn des Menschenruhms". (An Mad.
d'Épinay, 3. 7. 73:) „Es giebt Dinge, die man
immer kennen lernen möchte und doch wieder
so spät als möglich. Z. B. die Hörner".. (An
Mad. d'Épinay, 17. 7. 73:) „Der Abbé Morellet
ist bös auf mich. Weshalb, da wir doch ganz
gleicher Meinung sind? Er liebt die liberté, ich
die libertin-age; schon eine Annäherung. Er
will alle Zölle aufheben, ich zahle sie mit tiefem
Bedauern; wieder eine . . . ." (An Mad. d'Épinay, Neujahr 1774:) „Sie haben Schmerzen in
der Hand, und es ist die linke. Können Sie sich
kratzen? Ich finde, dass uns die Hände gegeben
sind, damit wir uns kratzen können . . . ., denn
man hat, wie bei den Affen, den Schwanz vergessen. Wenn Sie sich kratzen können, so beruhigen Sie sich, der Rest wird sich finden".
(An Mad. d'Épinay, 12. 1. 74:) „Wer dem
Einen eine tiefe Verbeugung macht, kehrt einem
Andern den Hintern zu. Das ist ganz in der

Ordnung". — — „Ich weiss nun den Titel
von Suards Buch: Observations sur les com-
mencements de la société. Alle Gesellschaft beginnt damit, dass Männchen und Weibchen sich
paaren. Ist es das, worüber Suard Beobach-
tungen angestellt hat?" (An Mad. d'Épinay,
13. 8. 74:) „Ich muss jetzt meine Nichten ver-
heiraten, ich bin ganz blöde — und diese beiden
Thätigkeiten haben mir hier mehr Reputation
eingebracht, als alle meine Werke. Man spricht
mit Enthusiasmus von meiner Familienfürsorg-
lichkeit. Im Grunde nicht mit Unrecht; die
Hälfte der menschlichen Gattung hat einen guten
Mann mehr nötig, als ein gutes Buch. Und
wenn das in Paris wahr ist, wie erst in Neapel,
wo nur zwölf Menschen lesen können!" (An
Mad. d'Épinay, 25. 2. 75:) „Wir haben einen
lebhaften Karneval. Aber ich langweile mich
dabei, denn ich habe keine Geliebte, und da ich
doch ein fleischliches Herz habe, so geht mir
das nah". (An Mad. d'Épinay, 8. 4. 75:) „Sie
wollen nicht mehr „schöne Dame" genannt
sein — da geht auch der charmante Abbé zum

Teufel, denn ich bins nicht mehr, ich bin ver-
driesslich, ich bin Pierrot, und ich gebe Ihnen
diesen Titel nicht her, für nichts in der Welt".
(An Mad. Belsunce, 4. 10. 77:) „Franconi hat
eine superbe Karte vom Königreich Neapel gemacht, unter meiner Aufsicht; er hat auch eine
von Polen gemacht; er hat Schulden gemacht;
er hat Bankrott gemacht; er hat vielleicht auch
noch Schlimmeres gemacht; was ist denn aus
ihm geworden, da er so viel gemacht hat?" —
„Ich liebe die Küsse Voltaires, mehr aber liebe
ich doch die von Fräulein Grandi, der Tänzerin".
— „Das Herz hat noch nie einen getödtet".
(An Mad. d'Épinay, 15. 9. 70:) „Voltaire hat
Recht; dem Menschen sind fünf Sinne gegeben,
dazu, dass sie ihm Freude und Schmerz ver-
mitteln — kein einziger, der ihn das Wahre vom
Falschen unterscheiden liesse. Der Mensch ist
weder da, die Wahrheit zu erkennen, noch ge-
täuscht zu sein. Das ist so gleichgültig. Er ist
da, sich zu freuen und zu leiden; geniessen wir
und versuchen wir, nicht zu leiden. Das ist
unser Loos." (An Mad. d'Épinay, 23. 7. 71:)

„So komme ich zu dem Schluss: es ist durchaus uninteressant, jemandem recht oder unrecht zu geben. Wichtig ist nur, dass man ein Ende macht, denn man muss zum Diner gehen, so Richter als Partei". (An Mad. d'Épinay, 16. 3. 71:) „Ich hab es nicht gern, dass man mich vor dem Publikum des Macchiavellismus beschuldigt; das Publikum ist so dumm, und ich bin noch nicht tot". (An Mad. d'Épinay, 25. 9. 69:) „Die Grausamkeit erzeugt die Unabhängigkeit". (An Mad. d'Épinay, 10. 11. 70:) „Was meine Berühmtheit betrifft, verlasse ich mich ganz auf Sie und den Zufall, diesen Vater des Glückes und Schwiegervater der Tugend". (An Mad. d'Épinay, 29. 11. 70:) „Voltaire hat nicht recht, wenn er den Philosophen sagt: Liebet einander, meine Kinder. Das kann man nur den Sektirern sagen, den Ökonomisten, den Jansenisten; die brauchen das Einander-Lieben. Die Philosophen nicht. Die Adler fliegen nie in Gesellschaft; das ist die Sache der Rebhühner und Staare. Voltaire hat niemanden und wird von niemandem geliebt. Er ist gefürchtet, er hat

Klauen; das genügt. Hoch und einsam fliegen,
Klauen haben — das ist das Loos des Genies".
Diderot an Melle Voland: „Unlängst unternahm
Galiani die Apologie des Tiberius und Nero.
Gestern die des Caligula. Er behauptete, Tacitus
und Suetonius seien arme Teufel gewesen, die
ihre Bücher mit Pöbelmeinungen gefüllt hätten".
Grimm, Correspond. litter.: „Galiani verteidigte
mir einmal seine Meinung, dass Tiberius ein
sehr anständiger Mensch war und dass er keinen
anderen Fehler hatte, als ein bischen zu sehr
Stutzer zu sein und sich durch seine Leidenschaft
für alles Griechische bei den Römern verhasst
zu machen. Der Abbé verteidigte mit Geist und
Genie".

(Napoleon zu Suard:
„Euer Tacitus ist nichts als ein Deklamator,
ein Lügner, der Nero verleumdet hat, jawohl verleumdet. Was für ein Unglück, wenn Fürsten
solche Historiker haben.")

(An Mad. ᵒd'Épinay, 27. 1. 70:) „Meine
‚Dialogues‘ sind ein Lehrbuch für einen Staats-
mann, d. h. für einen Menschen, der den Schlüssel
zum Geheimnis besitzt und weiss, dass sich
alles auf Null reduziert. Der Abbé Raynal hat
ganz Recht, mein Buch tief zu nennen. Es ist
ganz diabolisch tief, denn es ist bodenlos". (An
Mad. d'Épinay, 27. 7. 70:) „Ich weiss, ich!
dass ohne diese Tugenden der Toleranz, des
Verzeihens, überhaupt ohne diese Mönchereien
die Römer Weltreiche gegründet haben. Und
ich weiss, dass mit anderen Grundsätzen die
Modernen überall Pygmäen und Schweine geblieben sind". (An Mad. d'Épinay, 22. 6. 71:)
„Alle grossen Menschen waren intolerant, und
man muss es sein. Trifft man einen thörichten
Fürsten, so muss man ihm Toleranz predigen,
bis er darauf hereinfällt; sein vernichteter Gegner
gewinnt durch die Toleranz Zeit, sich zu er-
heben und nun seinerseits zu vernichten. Das
Toleranzpredigen ist ein Predigen für Thörichte
und Dupierte oder für uninteressierte Leute".
(An Mad. d'Épinay, 26. 6. 71:) „Karl V. war

7*

der erste Despot seit dem Fall des Römischen
Reiches. Er war ein süsser Despot, wie sein
Sohn ein bitterer war. Nach ihnen hatten wir
bitter-süsse; jetzt essen wir.sie in allen Saucen".
(An Mad. d'Épinay, 4. 8. 70:) „Mein Traktat
über die Erziehung ist fertig. Er reduziert sich
für Mensch wie Tier auf zwei Sätze: Ungerechtigkeit ertragen lernen — Langeweile erdulden
lernen. Was lässt man ein Ross in der Manege
machen? Von sich aus geht es im Schritt,
es trabt, es galoppiert —, wann es ihm
passt und Spass macht. Aber, ‚man bringt es
ihm bei‘, diese Gangarten auszuführen, wann es
dem Menschen passt — die Ungerechtigkeit —
und so lange es dem Menschen passt — die
Langeweile. Latein lernen, Griechisch lernen,
das thut das Kind nicht aus Interesse an der
Sache — es muss sich dem Willen eines
anderen fügen und wird geprügelt: Langweile
und Ungerechtigkeit. Hat es sich daran gewöhnt,
dann ist es dressiert, ist sozial, geht in die Welt,
respektiert die Behörden, die Minister, die Könige
und beklagt sich darüber nicht mehr. Der Mensch

wird eine Funktion im Bureau, bei Gericht, in
der Armee, beim oil de boeuf — er gähnt und
lebt. Thut er nichts von alldem, so taugt er zu
nichts in der sozialen Ordnung. Denn die Erziehung ist nichts anderes als ein Ausschneiden
der natürlichen Talente, um den sozialen Pflichten
Platz zu machen. Die Erziehung muss die
Talente amputieren und säubern. Thut sie das
nicht, so giebt es Dichter und Helden, Maler,
Narren und Originale, die amüsieren und ver-
hungern; denn die Gesellschaft hat keinen rechten
Platz für sie". (An Mad. Suard, 8. 9. 70:)
„Man nennt mich Macchiavell, Mazarin, Finanzmann, Schinder und Blutsauger des Volkes. Ich
nenne sie arme Dummköpfe und Blutsauger an
ihren eigenen Venen, Hämorrhoidarier, die die
Natur korrigieren und die Menschen ändern
wollen . . . . Der Enthusiasmus der Schriftsteller hat in dieser Welt nie etwas ausgerichtet,
wohl aber das private Interesse". (An Mad.
d'Épinay, 23. 11. 71:) „Man könnte den Menschen definieren als ein Tier, das sich frei glaubt
— und es wäre eine vollständige Definition.

Wenn Herr von Valniere sagt, dass wir nicht frei sind — warum sagt er es? Weil er es glaubt. So glaubt er nämlich die Menschen frei, weil fähig, sich für dieses Glauben zu entscheiden. Es ist dem Menschen unmöglich, auch nur für einen Moment zu vergessen oder seiner Überzeugung, dass er frei sei, zu widersprechen. Das ist das Eine. Das Andere ist: Sich frei glauben, ist aber dasselbe: alles beides hat die gleichen Wirkungen. Der Mensch ist frei, weil er heimlich davon überzeugt ist — und das ist ebensoviel wert, wie die Freiheit selbst. Gäbe es ein freies Wesen in der Welt, so gäbe es kein gesellschaftliches Leben; gäbe es nicht diesen heimlichen Glauben des Menschen an sein Freisein — die menschliche Moral ginge nicht mehr wie sie geht. Der Glaube, frei zu sein, macht das Gewissen, das Recht, Vergeltung und Strafe. Er genügt für alles — da haben Sie die Welt erklärt in zwei Worten. — — Wir können uns keine Idee von unserem Nicht-frei-sein machen, so wenig wie von der Unendlichkeit. Wir beweisen aber, dass wir nicht frei sind, handeln

jedoch immer so, als ob wir frei wären. Das
erklärt sich daraus, dass wir wohl mit Ideen
räsonnieren, dass sie unser Raisonnement beherrschen, aber den Sensationen des Lebens nach-
folgen . . . . Zeigen Sie doch dem Philosophen,
(Diderot) was ich da hingeschmiert habe. Findet
er mich diesmal nicht sublim und sogar neu,
so hat er stark Unrecht. Er wird finden, dass
ich meine grossen Ideen schlecht ausdrücke, und
dass mein Jargon wenig französisch ist. Aber
ich bin wie der Bourgeois-gentilhomme, der
alles weiss, nur nicht die Orthographie". (An
Mad. d'Épinay, 22. 8. 72:) „Das Herz hat keinen
Einfluss auf das Urteil meines Verstandes, wohl
aber auf meine Zunge und meine Feder". (An
Mad. d'Épinay, 5. 9. 72:) „In der Politik erlaube ich nur den reinen Macchiavellismus, ohne
Mischung, roh, grün, in seiner ganzen Stärke, in
seiner ganzen Schärfe. Raynal entrüstet sich
über die Behandlung der Schwarzen in Afrika.
Warum nicht über die der Maulesel in Spanien?
Warum nicht über die Kastration der Stiere,
über die abgeschnittenen Pferdeschwänze? Er

nennt uns Briganten; aber Scipio konnte es den Barbaren, Cäsar den Galliern gegenüber sein. Er wird sagen, dass das auch übel ausging. Aber alles Gute geht schlecht aus". (An Mad. d'Épinay, 24. 10. 72:) „Warum doch alle Fanatiker die Mariage-concubinage lieben, wie der Abbé Saint-Pierre, Luther, Descartes, Rousseau. Und alle grossen Charaktere die ‚Libertinage' — Cäsar, Augustus, Lorenzo Medici, Henri IV. u. s. w. Ich meine: der Fanatiker ist glücklich in der Beruhigung seiner Ideen. Nichts beruhigt so sehr wie eine Hausfrau. Die grossen Menschen aber lieben den Tumult der Ideen, sie erholen sich davon nicht anders, als indem sie sich in eine noch heftigere Aufregung stürzen. Und von allen Stürmen ist die Libertinage der stürmischeste; er ist ihre Erholung". (An Mad. d'Épinay, 7. 11. 72:) „Sie öffnen mir Ihr Herz, das ich in Flammen brennen und leiden sehe vor schönen Empfindungen, Tugenden und Heroismus. Aber wozu denn Heroine sein, wenn man sich schlecht dabei befindet? Wenn uns die Tugendhaftigkeit nicht glücklich macht, wozu zum Teufel ist sie da? Ich rate Ihnen, haben Sie so viel Tugend als gut ist für Ihr Behagen und Ihre Bequemlichkeit, und nicht mehr. Naht sich Ihnen etwas, das Ihnen Schmerz bereiten könnte, treiben Sie es zurück, jagen Sie's fort mit allen Kräften, damit Sie nicht die Reue haben, dass Sie es hätten thun können und nicht thaten; und kein Heroismus! ich bitte Sie; er tötet mich und langweilt mich zum Sterben. Seitdem der Ruhm nicht mehr der Herrscher Glück ist, dient er zu nichts mehr; man spricht nicht mehr von ihm. Was für ein blödes Glück, wenn die Dummen (d. h. die Menschen) zwischen hundert Albernheiten, tausend Lügen und Geschwätz einmal sagen: ‚Ah! Die Abgeschiedene gab ihr Leben für eine heroische That'. Es lebe der Dummkopf und die Abgeschiedene!"

„— — Was für ein Jahrhundert! Was für Heroen aus papier-mâché: Und Sie lieben den Heroismus! Guten Abend. Ich bin wütend auf alle gegenwärtigen und zukünftigen Herosse; die

toten liebe ich, denn sie würden's abschwören
und zu den Menschen sagen: Hole Euch der .....
Und so ist es gut". (An M. Baudouin, 28. 11.
72:) „Herr Abbé Ribaud oder Boubaud sagt,
er kenne keine Feinde und alle Menschen seien
Brüder. Das ist ja sehr christlich, aber sehr
wenig politisch". (An Mad. d'Épinay, 2. 1. 73:)
„Ich liebe die Monarchie, weil ich mich viel
näher den Herrschenden fühle als dem Pflug.
Ich habe 1500 Livre Einkommen, die ich verliere,
wenn die Bauern reich werden. Thäte jeder
wie ich und spräche jeder nach seinen Interessen,
man stritte sich nicht mehr in dieser Welt. Der
Galimatias und die Phrasen kommen daher, weil
jeder sich herausnimmt, für fremde Angelegenheiten einzutreten statt für seine eigenen. Der
Abbé Morellet schreibt gegen die Pfaffen, der
Finanzmann Helvétius gegen die Financiers, Bau-
deau gegen die Faulenzer — und alle für das
grösste Wohl des Nächsten. Die Pest hole den
Nächsten! Es giebt keinen Nächsten! Sagt was
Euch zukommt oder schweigt". (An Mad.
d'Épinay, 28. 8. 73:) „Der Heroismus besteht

in einer Starrköpfigkeit unsererseits, kombiniert
mit glücklichen Zufällen, die nicht von uns ab-
hängen. So gewinnt man also den Beinamen
„der Grosse" halb durch Zufall, halb durch —
Verdienst". — — „Kann Einem etwas daran
liegen, nach dem Tode für einen Helden zu
gelten, für einen Heros? Bei Lebzeiten, da ist
etwas daran. Es giebt Beachtung, bringt köstlich
angenehme Verfolgungen, manchmal trägt es auch
Geld. Aber nach dem Tode? Hinter dem
Schatten eines leeren Namens herlaufen, dessen
eine Hälfte man dem Zufall, dem ‚zur rechten
Zeit', dessen andere man der Halsstarrigkeit, die
man sich so leicht aneignen kann, verdankt, das
ist Wahnsinn". (An Mad. d'Épinay, 26. 4. 77:)
„Wird die Moral irgend einer Religion einmal
in Katechismen dogmatisiert, so wird sie ver-
stümmelt und entstellt. Die Moral hat sich bei
den Menschen dadurch erhalten, dass man wenig
davon gesprochen hat, und dies wenige niemals
in Lehrformen sondern in Gedichten. Seitdem
die Pfaffen sie aber in ein System gebracht
haben, hat dies ein schreckliches Ansehen be-

kommen. Und so ist die Tugendhaftigkeit ein Enthusiasmus: Die Moral in einer Gleichung ausgedrückt, berechnet sich so: das Gute $=$ x, das Schlechte $=$ y, und die Gleichung heisst:

$$\frac{+ \, x}{- \, x} = o \, \frac{+ \, y}{- \, y} = o\text{".}$$

(An Mad. d'Épinay, 31. 5. 77:) „Die Tugend der Fürsten ist wie das Vergnügen einer Jungfernschaft: die Vorstellung davon ist schöner als ihr Genuss". — (An Mad. d'Épinay, 2. 2. 71:) „Ich soll Ihnen sagen, was eine Frau lernen soll? Sie soll ihre Phantasie kultivieren. Denn das wahre Verdienst der Frauen ist, dass sie mehr Originalität als die Männer besitzen; sie sind weniger gekünstelt, weniger verdorben, weniger von der Natur entfernt und darum liebenswürdig. In Bezug auf die Moral meine ich, dass sie die Männer, nie die Frauen studieren sollen, alle Lächerlichkeiten der Männer kennen sollen, niemals die der Frauen". (An Mad. d'Épinay, 10. 8. 76:) „Habe ich es Ihnen nicht gesagt? die Langeweile macht dick. Seitdem Ihre Freunde gestorben oder verreist sind, seit Sie ganz allein sind, platzen Sie vor Gesundheit. Stellen Sie sich danach vor, wie dick erst ich bin!" (An Mad. d'Épinay, 5. 6. 73:) Nehmen Sie den Ausdruck meiner Freundschaft, von der die Geschichte sprechen würde, erzählte sie von etwas anderem als von der Dummheit und dem Unglück der Menschen". (An Mad. d'Épinay, 19. 6. 73:) „Sie schreiben mir: ich leide. Ich schreibe Ihnen: ich langweile mich. Ähnlich, wenn auch nicht dasselbe. Man wird fett bei der Langweile — ein Pferd im Stall eines grossen Herrn. Wer leidet ist ein Droschkengaul". (An Mad. d'Épinay, 22. 12. 70:) Ich habe hier keine andere Gesellschaft als die meiner Katze. Darum träume ich immer von dem Buch, das ich über sie schreiben will. Wie die Katze zuerst ihren Jungen die Gott-Menschenfurcht beibringt. Dann expliciert sie ihnen die Theologie und die beiden Prinzipien vom guten Gott-Mensch und vom schlechten Hund-Dämon. Dann diktiert sie ihnen die Moral: den Krieg gegen Ratten und Mäuse u.s.w. Schliesslich erzählt sie vom künftigen Leben und vom himmlischen Ratapolis, welches ist eine

Stadt mit Mauern von Parmesan, gepflastert mit
Speck, die Säulen sind Aale u. s. w., und gefüllt
ist diese Stadt mit Ratten, die zum Amüsement
da sind. Sie flösst den Jungen ferner grossen
Respekt ein vor den kastrierten Katzen, so prädi-
stinierte, vom Gottmensch in diesen Stand ge-
brachte Katzen sind, auf dass sie glücklich sind
in dieser Welt wie in jener — was ihre Fett-
leibigkeit bezeugt. Sie sind vom Mäusefang
dispensiert. Schliesslich empfiehlt sie ihnen noch,
sich resigniert in den Fall zu finden, so der
Gott-Mensch sie in diesen Zustand der Vollendung rufe u. s. w. Verrückt, nicht wahr? (An
Mad. d'Épinay, 31. 7. 73:) Es ist der Letzte.
Ich sehe meine Rechnungen durch und finde
mich bestohlen, beraubt, geplündert vom Koch,
vom Diener, vom Kutscher. Traurige Geschichten
für einen Abbé, von anderen als nur von seiner
Mätresse bestohlen zu werden! Ich bin allein,
einsam, ohne Verwandte, ohne Freunde, ohne
Wirtschafterin; mein Geld schwindet, alles geht
drunter und drüber. Ich muss mich absolut ver-
heiraten. Haben Sie nicht eine reiche Kreolin

auf Lager? Gleich, ob neu oder gebraucht.
Kümmern Sie sich darum. (11. 9. 73:) Sie
wollen mir keine Frau verschaffen, also lassen
wir's. Ich strebte nach einer Kreolin, weil sie
meistenteils reich sind, und weil ich, wenn ich
eine Frau nehme, sie von drüben haben will;
mit den unsern bin ich nicht zufrieden. Aber
Sie wollen nicht, dass ich meinem ungeheuren
Serail eine Sultanin gebe. Also nicht. — Ich
brauche Hemden für diesen Winter; in Paris
habe ich mich an Kattun gewöhnt, den man
hier nicht bekommt. Sie kennen die Ausdehnung
meines Hemdes. Niemals werde ich die mütter-
liche Zärtlichkeit und das Gelächter vergessen,
in das Sie einmal — auf Ihrem Landhaus war's
— ausbrachen, als Sie auf dem Bett eines meiner
Hemden ausgebreitet liegen sahen. Es schien
Ihnen unmöglich, dass es etwas so Dünkelhaftes
geben kann, das sich einen Mann zu nennen
wagt, mit einem so lächerlich kurzen Hemde.
Regeln Sie also die Quantität Kattun, um dieses
Kind, diesen sogenannten Mann, zu kleiden. Wenn
Sie das Mass meines schrecklichen Armes ver-

gessen haben, können Sie sich ja vor dem far-
nesischen Herkules daran erinnern. Gewachsen
bin ich seit Paris nicht mehr". (An d'Alembert,
25. 9. 73:) „.. Lieben Sie mich, teurer Freund,
ich verdiene es wegen meiner Anhänglichkeit,
was ein stärkerer Grund zur Liebe ist als Ähnlichkeit oder gleiches Verdienst. Sankt Antonius
liebte sein Schwein, und Baronius sagt, sein
Schwein sei ihm sehr attachiert gewesen, sei ihm
an den Hals geflogen und was derlei Liebes-
schäkereien mehr sind. Seien Sie mein Sankt
Antonius". (An Mad. d'Épinay, 16. 3. 71:)
„Soll ich Ihnen Frankreichs Zukunft prophezeien?
Der König wird wegfallen; und fast nichts von
dem, was die Regierung jetzt macht und arran-
giert, wird bleiben. Diese Unruhe und Unsicherheit werden lange dauern. Und schliesslich wird
der Absolutismus viel stärker wiederkommen als
er vorher war, und die Freiheit wird für immer
verloren sein. Für jetzt sehr widerspruchsvolle
Behauptungen, aber sie werden sich alle erfüllen."
(An Mad. d'Épinay, 27. 4. 71:) „In hundert
Jahren sind wir Chinesen. Und da wird es

zwei Religionen geben, die der besseren Menschen
und die der grossen Masse. Der Papst wird
nichts weiter mehr sein als ein besonderer
Bischof, kein Souverän mehr. Stück für Stück
wird man ihm seinen Staat wegnehmen. Und
viele Soldaten wird es geben und wenig persönliche Tapferkeit. Die Festungen werden fallen;
auf ihren Ruinen wird man spazieren gehen.
Der Grossherr von Europa wird der Fürst unserer
Tartaren sein, d. h. der, welcher über Polen,
Russland, Preussen herrscht, das baltische und
das schwarze Meer regiert. Sein Kabinett wird
den übrigen Fürsten die Politik diktieren. England trennt sich von Europa, wie Japan von
China. Es wird den Handel beherrschen. Überall
wird der Despotismus regieren, aber Despotismus
ohne Grausamkeit, ohne Blut; der Despotismus
der Chikane, der sich auf die Interpretation aller
Gesetze stützt, auf die List und Verschlagenheit
von Hof und Hofpartei. — Dies ist der Fort-
schritt der Kultur: wir verfallen der Monotonie.
Alles wird einander ähnlich werden. An den
beiden Enden des Kontinents werden an dem

8

einen die Chinesen, an dem anderen die Europäer wohnen, und beide einander so ähnlich, dass man sie unter Einem charakterieren kann, nämlich Absolutismus, wohltemperiert durch Formalitäten, endlose Rechtsinstanzen und durch die Übung weicher, sanfter Sitten. Viel Soldaten, wenig Tapferkeit, viel Industrie, wenig Genie, viel Volk, wenig glückliche Menschen. In hundert Jahren sind wir Chinesen; ich amüsiere mich schon damit, mir die Nase platt zu drücken und die Ohren lang zu ziehen — mit Erfolg! Thun Sie auch etwas, z. B. mit den Füssen!" — (An Mad. d'Épinay, 6. 11. 73:) „Sie haben nicht recht mit Ihrer Meinung, dass sich die ganze Theorie der Politik darauf reduziert, richtig zu sehen. Diese Wahrheiten sind so gemeinplätzig wie platt; man kann sie nicht ernst nehmen. Wenn Einer sagt, schwarz ist nicht weiss, so bringt er mir noch lange nicht damit die Malerei bei; und wenn Einer mich lehrt, ein Teil ist kleiner als das Ganze, so giebt er mir einen sehr mässigen geometrischen Unterricht. Die Politik ist ein Problem de maximis et minimis, höchstes Glück

mit mindestem Leid zu finden. Sie ist eine
Kurve, deren Abscisse das Gute, deren Koordinate
das Übel ist. Da findet man dann den Punkt,
wo sich das mindestmögliche Übel mit dem
grösstmöglichen Guten trifft. Dieser Punkt ist
die Problemlösung — eine unbestimmte Gleichung,
die erst durch den Einzelfall eine bestimmte
wird. Hüten Sie sich in politicis vor diesen
grossen, sinnlosen Worten, von der ‚Kraft der
Reiche', ihrem ‚Verfall', ihrer ‚Erhebung' u. s. w.
Kümmern Sie sich doch nicht um diese Menschen,
die sich die Phantasie und die Moral erfinden.
Das Glück der Existierenden, wir und unsere
Kinder, das ist alles. Der Rest Träumerei. —
Fürsten werden geboren, sterben, — das macht
mir nichts, den Menschen nichts. Die muss man
zufrieden machen; sind sie es nicht in Frankreich,
so packt man sie ein und schickt sie nach Lapp-
land; sind sie es auch da nicht, nach Kamt-
schatka! — Sie sprechen vom Fall der Reiche,
was ist das? Die Reiche sind nicht oben und
nicht unten und fallen nicht. Sie ändern ihr
Aussehen; von Phasen sollte man sprechen, wie

8*

beim Mond. Der bleibt immer derselbe, wie
die Menschen immer dieselben bleiben — wir
haben nur nicht den richtigen Standpunkt, der
uns immer das Ganze sehen lässt. Es giebt
Reiche, die nur schön sind in ihrer Decadence, wie
Frankreich; andere wieder nur in ihrer Fäulnis,
wie die Türkei; andere glänzen in ihrem ersten
Viertel wie der Jesuitenstaat in Südamerika; der
einzige, der schön war in seiner „Völle", war
der Kirchenstaat." (An Mad. d'Épinay, 4. 6. 74:)
„Jetzt Frankreich gut zu regieren ist das Schwie-
rigste in der Welt. Ihr seid genau in dem Zustand, in dem Titus Livius seine Römer malte,
die weder ihre Übel noch deren Heilmittel mehr
ertragen konnten. Das Laster hat in Eurem
Fleische Wurzel geschlagen, es ist Eure Kultur
geworden. Vertreibt Ihr die Mädchen, dann fällt
der Luxus und seine Künste, und der Vorrang
Frankreichs, sein Haupthandel, sein Ansehen selbst
sind dahin. Es ist ja wahr, Ihr habt ungeheuer-
liche Laster; aber sie sind derart, dass sich ganz
Europa darum reisst und Euch Eure Lektionen
darin teuer bezahlt. Und sind die Mädchen ver-

trieben, gehts an die Philosophen, denn die beiden
gehören zusammen und sind Euer Glanz. Ihr
seid nichts mehr, seid Ihr nicht mehr die Lehrer
der Laster." (An Grimm, 20. 3. 75:) „Der
Steigbügel aller mittelmässigen Geister ist das
Brillierenwollen in Ton und Jargon der Zeit.
Man muss eine grosse Natur sein, um Ruhm
und sichern Applaus gering zu schätzen, indem
man nicht den Ton der Mode mittönt." — (An
Mad. Belsunce, 7. 11. 78:) „Sie glauben, dass
wir durch unsere verderbten Sitten die Heiterkeit
verloren haben? Ich glaube eher durch die über-
mässige Vermehrung unserer Kenntnisse. Mit
der Aufklärungswut fanden wir mehr Leere als
Fülle — und im Grunde wissen wir nur, dass
unendlich viele Dinge, die unsere Väter für
Wahrheiten hielten, keine sind, und wir wissen
sehr wenige Wahrheiten, die unsere Väter nicht
auch schon wussten. Die Leere in unserer Seele
und in unserer Phantasie — sie ist die wahre
Ursache unserer Traurigkeit.

Le raisonner tristement s'accrédite
Ah! croyez-moi, l'erreur a son mérite. —

Das ist der beste Gedanke, den Voltaire gehabt hat. Alles Wahre ist traurig." (An Mad.
Belsunce, 22. 11. 77:) „Die Inkonstanz ist ein
physikalisches Gesetz der Menschenrasse. Ohne
sie keine Fruchtbarkeit, keine Variation, keine
Entwicklung. Die ungeheure Vermischung der
Rassen hat Europa zu dem gemacht was es ist.
Die Chinesen haben sich durch ihre Enthaltung
von Rassenvermischung zu Grunde gerichtet.
Erst seit dem Einbruch der Tartaren haben sie
wieder gewonnen. — Die Geschichte ist eine
periodische Wiederkehr derselben Ereignisse.
Nur die Formen und die Manier darüber zu
sprechen ändern sich." (An Mad. d'Épinay,
19. 9. 72:) „Die Alten übertrafen uns in allem.
Niemals haben sie den Tod als eine ekelhafte,
abstossende, hässliche Figur gebildet. Das hat
für uns nur das Eine, dass es uns das Leben
vergiftet. Der Tod der Alten ist immer schön
und freudig: die Unterwelt ist eine Hölle ge-
schmackvoller und guter Menschen." (An Mad.
d'Épinay, 2. 11. 71:) „Die Franzosen sind geborne Causeurs und Raisonneurs. Bei Euch er-

zeugt ein schlechtes Bild einen guten Aufsatz
darüber. Ihr werdet immer besser über die
Künste räsonnieren als Ihr sie machen könnt.
Am Ende der Zeiten wird man finden, dass Ihr
über alles, was die anderen Nationen Bestes gemacht haben, am besten werdet gesprochen haben.
Pflegt Eure Druckereien! Und da habt Ihr nun
einen Zoll aufs Papier gelegt! — Ihr habt mehr
Land durch Eure Bücher als durch Eure Waffen
erobert." (An Mad. d'Épinay, 18. 5. 71:) „In
der Ordnung dieser bewundernswerten Welt giebt
es Dummköpfe und bessere Menschen. Die
Natur wollte nun (wenn sie überhaupt je etwas
gewollt hat), dass jedes eine Rolle spiele. Und
es giebt nur zwei Rollen: Befehlen oder beraten.
Das Beraten kann man den Dummköpfen nicht
überlassen, denn sie haben nicht einmal zum Un-
sinn Geist genug. Darum müssen sie befehlen,
herrschen; thäten sie das nicht, so thäten sie
nichts, das wäre ein Luxus, den die Natur nicht
treiben darf, wenn sie nicht selber blosser Luxus
ist. Also die Dummköpfe mache den Text, die
besseren Menschen den Kommentar dazu. Des-

halb kommentiert Newton Daniel und die Apo-
kalypse." (23. 5. 72:) „Ich treibe Metaphysik,
wenn ich traurig bin. Wie heute. Nämlich: Ich
finde, die Achtung, die die anderen uns entgegen-
bringen, erzeugt in uns eine natürliche Empfin-
dung des Widerwillens, wie wir Ipecacuanha
schlucken: rasch hinunter und so schnell als
möglich wieder heraus aus dem Magen. Die
Bewunderung ist etwas ganz anderes als die
Achtung. Man bewundert einen Seiltänzer, man
achtet ihn nicht; man achtet den Mathematiker
Herrn Mairau, ohne ihn zu bewundern. Für die
Bewunderung haben wir Geschmack und Neigung,
sie widersteht uns nicht, im Gegenteil, sie gefällt
uns und sogar sehr. Aber die Menschen achten
weniger und bewundern mehr als sie sollten.
Woher kommt das? Daher, dass wir uns wohl
immer selbst sehr achten aber nie bewundern.
Der Seiltänzer macht seine Sachen mit solcher
Leichtigkeit und solcher ihm natürlichen Selbst-
verständlichkeit, dass, wenn ihn etwas wundert,
es nur das ist, dass es die anderen nicht auch
können. Er bewundert sich innerlich nie; aber

er schätzt sich. Die Bewunderung entspringt einem Vergleich der Fähigkeiten, der Kräfte; die Achtung kommt aus dem Verstand, den man mit dem eines anderen vergleicht. Nun glaubt jeder Mensch mehr Verstand zu haben als jeder andere; und glaubt — besonders wenn er es nicht versucht hat — weniger Kraft, weniger Geschicklichkeit, weniger Talent zu haben als ein anderer. Diese „falsche Scham" schliesst nicht aus, dass man sich sehr beobachtet. Ein Mädchen von fünfzehn Jahren, das aus falscher Scham keine Verbeugung zu machen im stande ist, glaubt trotzdem hinreichend Vernunft zu haben, indem sie entscheidet, das Leben einer Nonne sei mehr wert als das einer verheirateten Frau; und Sie werden das Fräulein nie überzeugen, dass es unrecht hat." (An Mad. d'Épinay, 14. 3. 72:) „Man darf über nichts verzweifeln. In dieser besten aller unmöglichen Welten ist alles aufs beste eingerichtet und zum besten. Denn — nota bene — das Beste existiert nur in unserem Kopf."

„— — Lieben Sie mich und bleiben Sie gesund: keine Dysenterie, sie gehört nicht zum bon ton; und keine Grillen. Hie und da ein bischen Migräne, die Nerven in angenehmer Reizbarkeit — das ist alles, was ich Ihnen zu haben erlaube." (An Mad. d'Épinay, 18. 12. 73:) „Sich weit entfernt von dem Unglück zu wissen, ist dasselbe wie einem anderen für immer ausgewichen zu sein. Alles in unserem Kopf ist optisch. Wir sind nicht eingerichtet für die Erkenntnis der Wahrheit, und die Wahrheit kümmert uns auch nichts. Die optische Täuschung, die allein muss man suchen." (An Mad. d'Épinay, 12. 8. 74:) „Man ist weise und resigniert im Verhältnis zu dem, was man gelitten hat. Die Philosophie ist nämlich kein Effekt der Vernunft, sondern der Gewöhnung; sie ist eine bange Furcht, manchmal ein vernünftiges Verzweifeln." (An Mad. d'Épinay, 3. 9. 74:) „Der Hochmut des Geistes ist in uns viel stärker als die Zufriedenheit des Herzens. Der Mensch fühlt sich mehr geschmeichelt, wenn er ein Unglück, das ihn betrifft, vorhergesagt hat als wenn er sich ge-

täuscht und es ihn vermieden hat." (An Mad.
d'Épinay, 10. 12. 74:) „Wenn man in dieser
Welt sich des Lebens freuen will, muss man sich
immer mit Menschen abgeben, nie mit Sachen.
Die Sachen gehören der Flucht der Zeiten an, den
Revolutionen, der Geschichte — und das giebt
uns ganz und gar nichts. Die Menschen gehören
in diesem kurzen Leben zum Genuss des Individuums." (An Mad. de Belsunce, 25. 2. 75:)
„Alles was uns umgiebt, erzieht uns. Der Prä-
zeptor ist das unendlich Kleine, das gute Mathematiker vernachlässigen." (An Mad. d'Épinay,
21. 9. 76:) „Der Unglauben ist die grösste
Kraftäusserung, die der Mensch sich geleistet hat
gegen seinen Instinkt und seinen Geschmack.
Er beraubt sich dadurch aller Vergnügungen der
Imagination, allen Geschmackes am Wunderbaren.
Diese Kraft vermag nur die grösste Stärke und
Jugend der Seele zu produzieren. Wird die Seele
alt, kommt auch wieder etwas Glauben." (An
Mad. de Belsunce, 27. 9. 77:) „Statt von Pic-
cini und seiner Musik erzählen Sie mir von
Necker. Aber wenn Necker auch das Glück

des Staates schafft, Piccini schafft das Glück des
Lebens, und das ist viel mehr wert." (An
Mad. d'Épinay, 8. 2. 77:) „Man muss mit
seinen Übeln leben. Das ist das
Problem: Leben, nicht heilen."

Von einer seligen Frau

it der Reformation wars um die Christenheit gethan. Von nun an war keine mehr vorhanden." Diesen Ausspruch des Novalis erinnert eine Studie „Le Paganisme éternel" des gedankenreichen Remy de Gourmont und giebt ihm seine historische Erklärung: „la religion privée de l'art païen, qui était sa force populaire, est devenue et restée une philosophie de sacristie et une morale de confessional; elle n' a plus d' influence sur l' esprit secret de races, qui est avide de beauté corporelle et de magnificence; rien de trop; elle s'est fait mitoyenne entre tout; elle est devenue le centre médiocre de la médiocrité universelle." — Schon mit Paulus beginnt der Kampf der christlichen Moral gegen die katholische Religion, die Patristik führte ihn weiter, und das Ende des Katholizismus tritt mit Luther ein: das antik-heidnische Element der Religion, ihre Sinnenfreude, war verbraucht, die Geister wandten sich von ihr ab und der Aufklärung zu. Ein unterirdisches Dasein führt sie im Aberglauben des Volkes weiter, aber ihre

produktive Macht hat sie verloren; sie beschäftigt die Kritik, aber den Bedürfnissen des Gemütes ist sie fremd geworden. Und es dringt zu den feiner hörenden Ohren das Rufen vieler, die in der Dürre nach Labung lechzen, und man sagt, die alten Götter seien nicht gestorben. Alle Sehnsucht wendet sich wieder denen zu, die „droben im Licht" wandeln, und eine andere Renaissance wünscht man sich: dass unser Christentum in der Antike eine Wiedergeburt erführe. — Religionen sterben nicht und werden nicht erfunden. Sie wechseln Formen und Namen, aber nicht ihr Wesen. Es giebt Dinge, die einmal in die Welt gekommen, ewig sind. Unsere Götter aus dem Osten ändern Tracht und Namen, nicht Sinn und Bedeutung. Religionen sind Kontrakte zwischen dem Menschen und der stärkeren Gewalt auf Leistung und Gegenleistung, die nicht von den Göttern zu brechen sind, wenn auch von Mars auf Sanct Martinus zu übertragen. Und Demeter wird Maria und wie man jene durch Anspeien ehrte, so thaten es die Frauen nach dem Zeugnisse des Kardinals Bellarmin zu

seiner Zeit (XIV. saec.) auch der Santa Virgo:
et blasphemando meretricem appellare non timent.
Und die Venus verehrt man in Frankreich als
Sainte Venise, die nackt und nur mit einem
Bande um die Brust gebildet wird. Apollon
Kriophoros oder Orpheus wird der „gute Hirte",
der die Geige spielt; von allen den Tieren, die
seinem Spiele folgen, bleibt ihm das Lamm, das
„Lamm Gottes". Die alten Heilgötter bekommen
neue Namen, und der Papst ist Pontifex maxi-
mus: der Nachfolger Petri und des Oberpriesters
des Jupiter Capitolinus.

Die Aufklärung irrte sich immer; sie nahm
tiefste Bildungen des Gemütes, die sich in den
Künsten sichtbare Symbole schufen, für Erfindungen eines thörichten Verstandes, die zu be-
seitigen es genügte, Erfindungen oder gar Er-
kenntnisse des vernünftigen Verstandes allgemein
zu machen. De Gourmont erinnert die Voraus-
sagung des Cicero, dass ein Reich geistiger Freiheit, des Wissens und der Philosophie anbrechen

werde — und zur selben Zeit wurde in Judaea der jüdische Prophet und Wunderthäter geboren. — Noch eine andere Beobachtung macht Remy de Gourmont, die auf die Wesensgleichheit der antiken Religion und des Katholizismus hinweist, diese nämlich, dass alle Länder, in denen das Christentum zu Barbaren kam, eine Tendenz zum Protestantismus zeigen, während eine solche zum Katholizismus überall dort zu bemerken ist, wo das Christentum auf lateinische oder doch romanisierte Kultur stiess. Versprengte Inseln in diesem oder in jenem Gebiet haben ihre spezielle historische Komplikation und widerlegen die Thatsache nicht. Der orientalische Katholizismus urde griechisch, wo er auf antikem Kulturboden ınd, orthodox bei den nordischen Barbaren. — s zu der groben Bauernthat des Luther währte e Agonie des antiken Heidentums; da zeigte ı in der leuchtenden Girandole der italienischen Ialer und in den Prunkfesten der Päpste noch ın letztes Leben, um dann zu vergehen. Kein ıonardo malte mehr den Jüngling, der Dionysos und Johannes ist, kein Papst brachte fürder dem

9

Phallus ein öffentliches Opfer. Das Lebens-
element des Katholizismus, die antike Kunst und
ihr Symbolismus, den die Protestanten seit Paulus
verfolgt hatten, verfiel dem Sterben. Denn was
man die Renaissance heisst, ist keine Wiedergeburt
des Alten, sondern dessen pomphafte Bestattung.
Im Schatten der dunklen Wege lebt was nie
sterben kann weiter, denn: Religionen sterben
nicht, aber im Licht steht arm und dürr, kunst-
feindlich aber moralisch, voll äusserer Macht aber
innerer Armseligkeit als das centre médiocre de
la médiocrité universelle, der Protestantismus, der
katholische und der andere.

Die Zeit der Agonie des Heidentumes ist an
Dokumenten reich, die ein Beispiel geben, wie
sich die christliche Idee der Askese durchaus naiv
in Ausdrücken und Vorstellungsweisen ergeht,
die in vertrauter Nützung der Antike durchaus
dem Leben der Sinne entnommen sind. Zur
„ewigen Weisheit“, wie die Mystiker die Ver-
einung der „minnenden Seele“ mit ihrem

Bräutigam Jesus nannten, zu diesem im letzten
asketischen Ziele gelangt man auf die sinnlichste
aller Arten. Ein Manuskript der Münchener Hofbibliothek stellt in einer Bilderfolge Liebeswerke
und Einung solchermassen dar: Jesus tritt in das
Schlafgemach seiner Braut, der Seele, und geht
an ihr Bett, sie zu beschauen, die eine Magd ist.
Dann ergötzt sich das Liebespaar auf dem nächsten
Bilde an reichbesetzter Tafel mit Speise, Trank
und heiterem Geplauder. Die Standhaftigkeit
wird auf dem dritten Bilde geprüft, da Christus
die Braut ganz entblösst und mit Ruten schlägt.
Nun wendet er ihr wieder seine Liebe zu und
reicht ihr den Pokal mit dem Minnetrank. Die
nackte Magd umfasst dann ihren Geliebten, fesselt
ihn und schiesst ihm den Pfeil der Liebe ins
Herz. Das letzte Bild stellt beide trunken von
Liebe dar: Christus-Orpheus spielt auf der Geige
und singt seiner Braut Liebesworte ins Ohr.
Auf alten Holzschnitten der Wiener Hofbibliothek
aus dem XIV. Jahrhundert zieht Christus der
„minnenden Seele“ die Kleider ab und ein Vers
dabei sagt:

Willstu dich freuen mein,
So musst du ganz entblösset sein.
Auf einem anderen Blatt geigt wieder Christus-
Orpheus der minnenden Seele und:

Lieb, willstu mir geigen,
So will ich zu dir fliegen. —
Mein Geigen und mein Seitenspiel
Zieht dich Lieb zu Freuden viel. —

Die theoretischen Schriften der Mystiker suchen
die Einung und Anschauung Gottes mit den
Hilfen der späteren Platoniker; protestantischer
Geist kündet sich hier schon an, gefangen noch
in dem Goldnetz der Phantasie. Die Anschauung
Gottes wird gesucht, aber das Evangelium ist
noch nicht der ausschliessliche Mittler. Der starke
Geist der Tauler, Saint Victor und Eckhard findet
Tiefes. Die Kleineren, die Ungebildeten, das
Volk, die Frauen, denen das Verlangen gross
wurde, die Einung ihres Lebens mit Gott zu
finden und die sich der Mystik ergaben, nahmen
aus den Lehren der Meister, was sie im Gefühle
verstanden, hatten die Hilfe der Offenbarungen
und führten sonst die immer lebendigen Tradi-

tionen antiker Symbole weiter. Das Interesse,
das Eckhard oder Saint Victor erregen, ist ein
anderes als jenes, das in uns die früheren Mystiker
erwecken, die sich wie Dichter äussern. Dem
Volke sind diese wie die Poesie näher, der Ge-
fühlswert der Religion findet in ihnen deutlicheren
Ausdruck, Sinnfreude lässt sie in Versen sprechen,
die vom Leben stärkere Kunde geben, als es die
Spekulationen der anderen vermögen. Oft ist
es nur was andere über das Leben dieser Seligen
berichten, oft sind nur ein paar Briefe erhalten,
die deutlich machen, wie diese späten Heiden
und frühen Katholiken die Sinne mit der Seele
einten. Man kennt das Idyll, das Christine von
Stommeln und Petrus Dacius lebten und deren
selige Nächte, die den Petrus ausrufen machten:
O felix nox, o beata nox! O dulcis et delec-
tabilis nox, in qua mihi primum est degustare
datum quam suavis est Dominus! Und von der
Melzi Seidenweberin, einer Nonne in Töss, be-
richtet die Elisabeth Stagel, die Freundin des
Suso: „Etwan fing sie an zu sprechen süsse
Wörtlein und war ihr dann so reigentlich zu

Mut, dass sie ihre Füsse zum Tanz hob und
recht mit den Händen schlug, dass es erhallte;
etwan fing sie an und sang süsse Liedlein von
unserm Herrn so fröhlich und so wohlgemut in
dem Werkhaus unter dem Konvent. Und sonder-
lich sang sie ein Liedlein gar begierlich, das
sprach so:

> Weises Herz, flieh die Minne
> die mit Leide muss zergehn
> und lass dich in dem Besten finden,
> das mit Freuden mag bestehn.

Von Amandus Suso erzählt die Elisabeth, dass
ihn die „ewige Weisheit" verzücket habe und
sie seine Geliebte wurde, „weil doch sein junges,
wildes Herz sonder Lieb nicht wohl die Länge
bleiben mochte." Er wusste nicht, was sie sei,
ob eine Kraft des Erkennens oder ein persön-
liches Wesen: er glaubt sie in wechselnden
Bildern, im Leuchten des Morgensterns, in dem
anbrechenden spielenden Licht der Sonne; bald
erschien sie ihm im Bilde des Weibes, bald in
dem des Mannes, bald als weise Meisterin, dann
als süsse Minnerin, erhaben und doch niedrig,

die Himmel überragend, den Abgrund erreichend, und „that sich zu ihm minniglich und grüsste ihn viel lachendlich und sprach zu ihm gar gütiglich: „Gieb mir dein Herz, Kind meines."

Eines der schönsten Dokumente aus dieser Zeit bewahrt die Stiftsbibliothek des Klosters Einsiedeln in der Handschrift „das fliessende Licht der Gottheit", welches die Visionen der Mechthild enthält. Ein zeitgenössisches Zeugnis im Anfange der Handschrift, die in der gothischen Minuskel des 13. Jahrhunderts geschrieben ist, spricht von der Frau als sequens perfecte vestigia fratrum ordinis praedicatorum. Danach war sie eine Schwester des Predigerordens. Sie selbst nennt sich eine Begine, welches Wort damals noch eine allgemeine Bedeutung hat, die einer Frau etwa, die sich in den Schutz eines Klosters begab, doch nicht durchaus in dessen Regel. Als Mechthilds Kloster vermutet man St. Agnes bei Magdeburg.

„Vor dreissig Jahren, da ich zu schreiben anfangen musste", sagt Mechthild im siebenten Buch ihrer Visionen. So ist es aus ihrem ganzen Leben, wie ein Tagbuch, das sie zu schreiben begann, als sie ins Kloster ging. Und dieses gewiss nicht zu jung, als dass sie sich nicht mit der Liebe und dem Leben vertraut hätte, da sie noch in der Welt war. Die ersten Bücher ihrer Visionen sind voll des Parfümes der irdischen Liebesgärten. Das Leben ist noch laut und mächtig in ihr, denn die gottseligen Gedichte haben alle Sinnlichkeit eines liebeskräftigen Weibes. Es ist ein Umhalsen und Küssen des Herrn mit roten Lippen und haltenden Armen. Die Phantasie ist voll Erinnerungen des Lebens, das sie gerade verlassen hatte. Später, im vierten Buche, denkt Mechthild an diese Zeit:

Da ich zum geistlichen Leben kam
und von der Welt den Abschied nahm,
da that ich meinen Leib besahn,
der war wohl gegen meine Seele angethan
mit Waffen und grosser Fülle Macht
und mit vollkommener Natur und Kraft.

Die ersten drei Bücher der Mechthild sind die lyrischen — da ist alles Singen in voller Sinnenfreudigkeit und einer heidnischen Gottanschauung. Von Maria sagt sie: „Ir sun ist got und si göttine", von der Seele: „aller creaturen göttine". Sie denkt selbst an einen Liebestrank, Jesum zu gewinnen. Mechthild war nicht schriftkundig und nicht dogmenvertraut: davon kommt nirgends eine Störung in die Süsse und die Bitterkeit ihrer frommen Ekstase. Ein einziges Mal wird die Bibel erwähnt und zwar das hohe Lied; in dieser Weise:

> „... in dem Buche Canticum, da die Braut so trunken und kühn gefunden ist und der Bräutigam so innig zu ihr spricht: du bist schön, meine Freundin, und kein Flecken ist an dir ...“

Im vierten und fünften Buche ist es oft wie ein Schmerz des Abschiedes von der Jugend. Gegen die vierzig muss Mechthild da gewesen sein. Laut schreit manchmal das Blut auf:

„Ach Minne, Minne, lass mich nicht erkühlen,
mein Thun ist tot und nichtig, kann ich dich
                                    nicht fühlen."
oder:
„in den Sinnen wühlt aber noch der Schmerz."

Wie ein letztes Stürmen ist das Gedicht,
das beginnt:
    „Herr, wohin will ich dich legen?
    Was ich habe, das will ich dir geben.
    Ich will dich in mein Bette legen . . ."
oder:
    „Lieber Herr, erbarme dich über die Seele,
    die hier verglüht ist in deiner Minne . ."

Mechthild geht sich angstvoll selber aus dem
Wege und blickt in das Geschehen der Welt;
sie zwingt sich zu den Objekten, sie fürchtet sich
vor sich. Sie warnt sich mit einer Vision der
Hölle, sie beruhigt sich mit der Vision der Maria.

In den ersten Büchern erregt sich das Mädchen Mechthild, in den anderen leidet das Weib, in den beiden letzten ist es eine Matrone, die betet und lehrt. Nun ist die Seele ruhig geworden, die ewige Weisheit errungen, da die Sinne schweigen. Sie denkt ihrer Freunde und betet für sie, sagt manche Weisheit, und auch des Tages Kleinigkeiten kommen ihr näher. Sie schreibt einem Prior vor: „Du sollst auch in die Küche gehen und nachsehen, dass deine Kargheit und deines Koches Trägheit unserem Herrn nicht den süssen Chorgesang wegstehle, denn ein hungernder Pfaffe, der singt nit schön.“ Im vierten Buche sagt sie: „Ich kann und mag nicht schreiben, ich sehe denn mit den Augen meiner Seele und höre mit den Ohren meines eigenen Geistes und fühle in allen Gliedern meines Leibes die heilige Kraft“; im siebenten Buche kommt dieser Satz vom Künstler also wieder: „Du Allerärmster! bekenntest du wahrhaft die ewige Gottheit, so wär es dir unmöglich, du bekenntest denn auch die ewige Menschheit, die da in der ewigen Gottheit schwebet, und bekenntest auch

den heiligen Geist, der das Herz erleuchtet, alle
Süssigkeit in die Seele giesst und des Menschen
Sinn über alle Meister lehret." Über alle Gedichte
der Mechthild, von denen ich einige hier auf-
schreiben will, setze ich ihren Vers, der heisst:
> „Eia, Herr, ich bitte dich,
> dass du wollest dies Buch bewahren
> von den Augen der falschen Farbe."

Der Herr spricht zur Seele:

Du bist mein Kissen, meine Lagerstatt,
du meine heimliche Ruh' und tiefste Sehnsucht,
Lust meiner Gottheit, Trost meiner Menschheit du,
ein kühler Bach in meinem Glühen.

Darauf die Seele:

O du giessender Gott an deiner Gabe,
o du fliessender Gott an deiner Minne,
o du brennender Gott an deiner Sehnsucht,
o du vergebender Gott an der Einung mit deinem
> Leibe,
o du ruhender Gott an meinen Brüsten,
o du inniger Gott an meiner Liebe,
ohne die ich nicht am Leben bliebe.

Du bist mein Spiegel, meine Augenweide,
mir selber ein Verlust, ein Sturm des Herzens,
ein Fall, ein Schwächen meiner Kraft
und meine höchste Sicherheit.
O fröhliches Schauen, o lieblicher Gruss,
o süsses Umarmen!
dein Wunder hat mich verwundet,
deine Gnade hat mich erdrücket.

Ich kann mich von der Minne nimmer kehren,
ich muss mich ihr gefangen geben,
denn anders kann ich nicht mehr leben,
und mag sie mich in Schmerzen auch verzehren.
Es ist der Thoren Thorheit
zu leben ohne Herzleid.

    Die Seele zur Minne — aus einem Zwie-
gespräch:
Sag meinem Liebsten, dass sein Bett bereit
und dass ich minnekrank nach ihm.
Ist dieser Brief zu lang, so ist das schuld:
ich pflückte auf der Matte manche Blume.
Das ist wohl eine süsse Jammerklage:

Wer von Minne stirbt, den soll man in Gott
begraben.

Der Herr:

Ich höre eine Stimme,
die klinget wie von Minne.
Ich hab gefreiet manchen Tag,
dass mir dies Rufen nie geschah.
Ich bin bewegt, ich muss ihr nun entgegen.
Sie ist's, die Sorg und Minne mit einander trägt
des Morgens in dem süssen Thaue.

Die Braut:

Ich stürbe gern von Minne, möcht' es mir
geschehen!
Ihn, den ich minne, habe ich gesehen
mit seinen lichten Augen vor mir stehn.
Die Braut darf nicht mehr ferne gehn,
die ihrem Liebsten Herberg gab.
Die Minne mag nicht wohl vergehen,
wo die Jungfrauen eifrig nach dem Jüngling
spähen.
Sein Herz ist so von Lieb erregt,
dass er sie gern empfängt und nah dem Herzen legt.

Das mag den Thörinnen gar leicht entgehen,
die ungern in der Liebe bestehen.

Zwiegespräch:

Du jagst gar hitzig in der Minne,
was bringst du mir, o Königinne?
Herr, mein Kleinod bring ich dir,
grösser ist es als die Berge,
breiter als die ganze Welt,
tiefer, höher noch als Meer und Wolken,
schöner als die Sonne
und voll grössrer Mannigfalt denn alle Sterne,
und viel schwerer als die Erde.
— Wie heisst dein Kleinod?
Herr, es heisset meines Herzens Lust;
die habe ich der Welt entzogen
und aller Kreatur versagt
und nur für mich behalten.
Ich kann sie fürder nicht mehr tragen —
Wohin, o Herr, soll ich mein Kleinod legen?
— Leg nirgends andershin des Herzens Lust
als in mein göttlich Herz und meine Menschen-
                                        brust.

Die Braut:

Wer jemals ward zu einer Stund
von rechter Minne im Herzen wund,
der wird wohl nimmermehr gesund,
er küsse denn denselben Mund,
von dem die Seel ist worden wund.
So sollten dann die Wunden heilen
als ob ein Rosenblatt
gelegt wär an der Wunden Statt.

Der Herr zu seiner Braut:

Ich warte dein im Garten unsrer Minne,
da brech ich dir der Einung süsse Blumen,
bereite da ein Bett in weichem Grase
der seligen Erkenntnis —
und die lichte Sonne meiner Göttlichkeit
betrachtet dich mit allen deinen Wundern.
Da neig ich dir den höchsten Baum des Gartens,
davon du brichst die grünen, weissen
und roten Äpfel meiner sanften Menschheit.
Umfängst du dann den Baum,
so lehr ich dich der Jungfraun Sang,
die Weise und den süssen Klang,

den alle jene nicht verstehen,
die noch die Wege der Begehrung gehen.
Nun singe mir, du meine lichte Seele!
— Weh, Lieber, ich bin heiser an der Keusch-
heit Kehle,
doch gab mir deine Milde wieder süssen Klang,
dass mir gelinget dieser Sang:
O Herr, dein Blut und meins ist rein,
deine Minne und meine
die soll immer unzerteilet sein.
Und unbefleckt ist dein und mein Kleid,
dein Mund und meiner weiss von keinem Leid.
Das sind des Minneliedes Worte:
der Herzenklang muss immer bleiben.

Die Seele:

Ein süsses Warten wohnet zwischen uns,
so wart ich denn, o Herr, mit Hunger und mit Durst,
mit Lust und Zagen bis an meine Stunde.

Der Herr antwortet ihrer Ungeduld:

Dir ist wie einer neuen Braut,
der, da sie schlief, der Bräutigam entgangen ist,
dem sie mit solcher Treu sich hat vertraut.

10

Wenn er nur eine Stunde lang will scheiden,
das mag sie nicht erleiden.
Erwacht sie da, hat sie von ihm nichts mehr
als sie in ihrem Sinn mag tragen
und also laut wird dann ihr klagen:
Mein Liebster hat im Schlafe mich verlassen,
als ich in seinen Armen ruhte. —
Nun sieh, meine Braut, wie schön meine Augen,
wie rot mein Mund, wie glühend mein Herz
und wie voll Zierlichkeit meine Hände und Füsse.

    Die Braut:
Lass mich deine Hände und Füsse salben und
                             küssen!
    Der Herr:
Woher wolltest du wohl, Herzliebe, die Salbe
                            nehmen?
    Die Braut:
O Herr, ich will meiner Seele Herz zerreissen
um dich darein zu legen und zu salben.
Herr, willst du mich mit dir nach Hause nehmen,
so will ich immer deine Ärztin sein.

    Der Herr darauf:
Du bist meine Sehnsucht, meiner Liebe Lust,

du bist wie süsse Kühlung meiner Brust,
du bist ein starker Kuss meines Mundes,
du bist die fröhliche Freude meines Fundes,
ich bin bei dir, du bist in mir,
wir könnten uns nicht näher sein.
Zwei sind in Eins geflossen
und sind in eine Form gegossen,
so wollen wir ewig zusammen sein.

    Die Braut:

O wehe Herr, du bist mir fremde allzusehr.
Könnt ich durch Zauber fangen dich,
dass du nicht wolltest ruhen ohne mich,
Eia, da ging es an ein Minnen,
du müsstest mich dann bitten,
dass ich glüh an allen Sinnen.
Magstu es Herr ertragen,
so lass im Leid mich nach dir jagen.

Herr, wohin soll ich dich legen?
Was ich habe, das will ich dir geben.
Ich will dich in mein Bette legen,
das Bettelein ist alle meine Pein.
Wo sollstu, Herr, die Wange hinlegen?

Das Wangekissen ist mein Herzeleid,
Des Bettes Decke ist die Sehnsucht,
mit der bin ich gebunden —
Willstu, o Herr, sie stillen,
so thue meinen Willen:
Die Seele die dich minnet,
die wehrt sich nur mit Blumen.

Herr, was wollen wir nun von der Minne reden,
da wir so nah beisammen ruhn
auf meiner Schmerzen Lager? — —
Nun hab ich dich, o Herr, umfangen,
so sollst du, o viel Lieber, meinen Leib
nicht zu sehr sparen.
Ich muss doch sterben vor Minne,
anders, o Herr, kannst du mich nicht
zufrieden machen.   Gieb mir, Herr,
und nimm mir, Herre,
alles, was du willst, und lass mir diesen Willen,
dass ich sterben müsse von Minne
in der Minne.   Amen.

Von Maria:

Als die Zeit nun war, da andere Frauen

traurig werden und sich mühselig bewegen, da war Maria leichten Mutes und froh; hatte sie doch in sich umfangen den vollkommenen Gottessohn. Maria kannte die Zeit nicht, wann Gott wollte von ihr geboren werden, bevor sie ihn in ihrem Schosse sahe, an der Strasse in der Nacht zu Bethlehem in der fremden Stadt, wo sie selber fremd war, ein fremder, unbeherbergter Gast. Maria nahm von Josephs Sattel ein rauhes Tuch und dazu das obere Teil von ihrem Hemde, unter dem sie ihren Herrn getragen hatte, das andere Teil band sie wieder um ihren Leib zusammen. In dieses Tuch wand die Jungfrau den Heiland und legte ihn in die Krippe. Da weinte er sogleich als ein neugeborenes Kind. Da ward die Jungfrau betrübt, und das Kind ward hungrig und kalt, und die Mutter musste ihren Sohn stillen. Da neigte sich die Jungfrau mit mütterlicher Liebe zu ihrem weinenden Kinde und bot ihm ihre kindliche Brust. Hört nun Wunder! Das leuchtende Blühen ihrer Augen und die Schöne ihres jungfräulichen Antlitzes, und die fliessende Süsse ihres reinen Herzens,

und die wonnigliche Spielung ihrer zarten Seele
— diese vier zogen sich zusammen nach des
Vaters Willen und nach des Sohnes Bedürfen
und nach des heiligen Geistes seliger Lust in
ihrer jungfräulichen Brust. Da floss die süsse
Milch aus ihrem reinen Herzen ganz schmerzen-
los, und das Kind sog nach menschlicher Art,
und seine Mutter freute sich inniglich, und die
Engel sangen Gott einen Lobgesang. Und die
Hirten kamen.

Die gute Lehre zum Beschluss:
Wer nur will wissen ohne Minne steht in des
Lebens Anbeginne. Gemeines Wissen und
Einfalt der Minne, die werden grosser
Dinge inne. Es ist die Einfalt eine
Arzenei, die zeigt dem Wei-
sen, dass er thöricht sei.

Ernst Th. Amadeus Hoffmann

ls Gérard de Nerval auf dem Weg in das gelobte Land seiner Träume an den Rhein kam und drüben la vieille Allemagne, notre mère à tous schaute, da entzückte er sich zu der Apostrophe: la terre de Goethe, le pays d'Hoffmann. Das wird nun den deutschen Litteraturhistorikern, die es doch ganz genau wissen, absurd vorkommen, im historischen, ästhetischen und jedem sonstigen Betracht; aber den Franzosen war es nicht einmal paradox — nicht jenen von damals und nicht denen von heute. Hoffmann ist ihnen ein Stück der deutschen Kultur — wenn sie uns mit diesem Worte schmeicheln wollen, die wir die Bezeichnung wohl erfunden haben, aber was sie bedeutet, schmerzlich entbehren. Doch dieser vermeintliche oder wirkliche Kulturtypus ist es nicht allein, was die Franzosen immer wieder veranlasst, sich mit unserem Hoffmann zu beschäftigen, ihn mit ihrer schätzenden Liebe zu entschädigen für das Schicksal, das dieser Künstler in Deutschland erfuhr, wo man ihn nach kurzer, wenig würdigen-

der Liebe rasch vergass oder — noch schlimmer
— ihm in einem Paragraphen der Litterär-
geschichten eine bescheidene Unsterblichkeit mit
queren Worten zusprach oder — das Schlimmste
— ihn in schlecht geschriebenen Büchern falsch
lobt, wie dieses vor nicht langer Zeit in dem
Buche eines gewissen Ellinger ebenso ausdauernd
wie philiströs besorgt wurde. Ich glaube, die
Franzosen lieben in Hoffmann den Artisten, der
für seine Kunst sein Leben fast systematisch zu
einem pathologischen machte, der à une voix
qui l'appelait au delà de l'être folgte, wie Barbey
d'Aurevilly es ausdrückt, und der so ausgezeichnete Worte über das Menschlich-Unnützliche der
Kunst schrieb. Die Deutschen schätzen das nicht,
denn sie haben wohl eine litterarische, aber keine
künstlerische Bildung. Und selbst wenn sie in
ihren besseren Exemplaren schon so weit sind,
von den Künsten keine moralischen Instruktionen
zu verlangen, überhaupt nichts mehr zu verlangen, seitdem man ihnen das so oft und eindringlich verboten hat: im deutschen Instinkte
herrscht trotzdem und immer noch die so bar-

barische als freudlose Tendenz nach der Moral
von der Geschichte, nach dem Schluss: der
Künstler müsse auch die anderen erziehen, da
er sich selber durch sein Werk erziehe. Die
Deutschen sagen gerne „die Kunst" — ein Wort,
leer wie ein Sack, alles und nichts aufzunehmen
geeignet. Sie vermeiden es möglichst, „der
Künstler" zu sagen, was auf ein Bestimmtes, auf
sinnlichen Genuss hinweist. „Der Künstler",
das heisst: Goethe oder Hoffmann oder Racine
oder Dehmel. Die Deutschen sind als das „Volk
der Denker" gleich und immer bereit, den
Künstler durch das Nebelmedium der „Kunst" in
die gewöhnliche Humanität und in die allgemeine
Ästhetik hinüberzuführen; sie wollen vom Kunstwerk Kunstregeln bestätigt haben oder von ihm
etwas für ihr Leben und aus ihrem Leben erfahren, sie wollen von ihm ihre ethischen Ge-
meinplätze geprüft und für gut befunden sehen,
und sie wollen etwas lernen, weil man viel auf
Bildung hält. Der gemeine Deutsche wird den
Pierrot Lunaire immer überlegen fragen: Was
beweist das? Denn er, er will sich wiederfinden

im Kunstwerk, idealisiert, wenn er altmodisch,
naturalistisch, wenn er neumodisch, symbolistisch,
wenn er ganz neu ist. Sein gebildeter Instinkt
verlangt von dem Kunstwerk die Rechenprobe
auf seine, des gemeinen Deutschen Existenz,
ausgeführt mit bekannten Zahlen. Er macht
sich, wie man sieht, den Kunstgenuss nicht
leicht. Darum bedarf er auch einer Litteratur,
bei der er sich erholt. Er nennt sie, alle
seine Überlegenheit in den Ton legend, Unter-
haltungslitteratur. Hoffmann musste es sich bei
seinen Lebzeiten gefallen lassen, den deutschen
Philister, der damals am schläfrigsten war, zu
unterhalten; mit den Anekdoten seiner Dichtungen
natürlich, nicht mit ihrer Kunst. Es ging ihm
wie dem Poe, an den in Frankreich Baudelaire
einen grossen Teil seines Lebens setzte und den
man in Deutschland in Übersetzungen kennt, die
gerade die Anekdote herausbringen und nicht mehr
wollen. Der ausgezeichnete Editor Eduard Griese-
bach hat nun den Hoffmann wieder heraus-
gegeben, in Intention und Ausführung immer
des Künstlers bedacht. Ob die Deutschen das

Werk anders lesen werden als ihre Grossväter und Väter es lasen, weiss ich nicht. Aber ein Zeichen verspricht vielleicht Besseres: die Wiederkehr der Romantiker. Nicht die Mystik bringt sie uns wieder und nicht, wie manche sagen, da wir Schwächliche und Kranke — oh! — uns den Schwachen und Kranken verwandt fühlen. Ich meine, diese Wiederkehr ist nur eine der manchen Äusserungen des Wiedererwachens unserer Freude an der Form und dem Formen. Lange genug hat die Verwilderung gedauert, da man in unsinniger Überschätzung der Ideen und Moralen und Thatsachen meinte, diese könnten der Form leicht entbehren und bedeuteten schon an sich das Kunstwerk. Das Formgefühl ist wieder erwacht; nun weiss man, dass die Kunst Form ist und nichts als Form und dass sie der Idee entraten kann. Da halten wir Symposien mit den ersten deutschen Artisten, den Romantikern. Und Goethe ist da, und Heinse und manche, manche noch, denn wir nehmen es mit dem Worte Romantik nicht so paragraphenmässig genau wie die Bücher über unsere gute deutsche

Litteratur. Unsere Beziehungen sind ganz und
gar nicht litterarisch. Das Wort „Goethe und
Hoffmann" ist litterarhistorisch wahrscheinlich
falsch, es mag ethisch paradox, es mag für
manchen Geschmack unerträglich sein — alles
das, aber es ist künstlerisch wahr, und dies gilt
zuerst und vielleicht allein. Viele werden die
Universalität des einen mit dem „begrenzten
Stoffgebiet" des anderen vergleichen. Aber einmal ist alles Vergleichen in künstlerischen Dingen
vulgär, und dann ist die Universalität durchaus
kein absoluter Vorzug. Der Kreisler ist nicht
der Faust, aber der eine ist ganz Goethe, der
andere ganz Hoffmann, in Formen nur so und
nicht anders möglich, wenn Faust und Kreisler
sein sollen. Alles Vergleichen des Ungleichen
hierin ist im Letzten eine ethische Untersuchung,
denn es geht auf die verschiedene Qualität der
beiden Menschlichkeiten und unsere Sympathien
für die eine oder die andere. Man kann Hoffmanns Individualität ablehnen als beschränkt,
bizarr, pathologisch, aber sie ist in seinen Formen
aufgegangen, hat sich „unmittelbar mit der Ma-

terie verbunden", wie Goethe sagt, und das
Kunstwerk ist geworden. Dies ist genug und
alles: das Leben des Künstlers und sein Verhalten zum Leben in Formen, mag das Leben
oder das Verhalten dazu sein wie immer; ge-
formte Narrheit ist Kunst, formloser Tiefsinn
Ohnmacht oder Dilettantismus. Die Musiker
und Architekten waren immer so glücklich, ihre
Kunstwerke künstlerisch wirken zu sehen, nämlich formal; die Maler sind dabei, durch ihr
Thun die Leute zu überzeugen, dass die Kunst
der Borgofresken nicht anders zu werten sei als
die Kunst eines Ornamentes. Nur den Dichtern
will man es nicht glauben, dass sie Sprach-
begeisterte sind, dass ihr Material das Wort ist,
die Wörter, aus dem und nach dem sie schaffen,
dass der Inhalt keine Absicht und willkürliche
Wahl ist und kaum ein Anlass. Dass wir im
Kunstwerke den Inhalt suchen, so weit gefasst,
dass wir damit das Leben seines Schöpfers
meinen, heisst nicht, dass dieser auch die Absicht zu dem Inhalt gehabt hat. Die Kunst der
Dichter wäre längst erschöpft, wenn es sich um

die Inhalte handelte, um die wenigen, immer wiederkehrenden. Aber wären es noch weniger und gäbe es nur einen einzigen Inhalt, es wäre die Kunst doch unendlich, weil sie aus Worten und mit Worten schafft, nicht deren Sinne nach, denn dieser ist kein feststehender, sondern nach der Bildlichkeit der Worte und ihrer formalen Wirkung. Der Zwang zur Kunst ist die Form und das Formfühlen, nicht das sachliche Vorbedenken. Wenn wir uns um die Kenntnis der Lebensumstände des Künstlers bemühen, seine Biographie lesen oder schreiben, so ist davon Ursache vielleicht oft die blosse Neugier nach einem Menschen, die wir durch seine Kunst wohl gereizt aber nicht befriedigt fühlen, oder weil wir in seiner Kunst das Leben des Künstlers kaum verspüren. So dürfte man nach dem Leben Platens neugierig sein, oder nach dem Mallarmés. Aber oft ist es auch ein Zwang, der nötigt, zum Leben des Dichters zu gehen, um mit dessen Kenntnis die Sensation des Kunstwerkes zu verstärken. So ist es mit Petrus Borel etwa, oder mit Poe, so ist es mit Hoff-

mann. Man will dem Genuss des Werkes, der
formalen Sensation noch die psychologische hin-
zufügen, das Werk im Leben seines Schöpfers
aufsuchen. Es ist das gemein, aber wir sind
Menschen.

Die neuere Zeit neigt in ihrer Bestimmung
des Individuums zu einer fatalistischen Überschätzung dessen, was man den Einfluss des
Milieus nennt; die neuere Zeit ist demokratisch;
sie unterschätzt oder ignoriert die Kraft des
Widerstandes, die Möglichkeiten von Milieuaus-
wahl und -wechsel und die Fähigkeit der Milieu-
beherrschung, die bei starken Persönlichkeiten
sogar zu einer Milieubestimmung wird. Doch in
der Zeit des Wachsens, in der Kind- und Jugend-
zeit, da die Kraft noch nicht reif, der Widerstand
nur instinktiv ist und einer Wahl noch Möglichkeit
und Erkenntnis fehlt, da werden die Einflüsse der
Umgebung oft bestimmend sein zur Bildung dessen,
was man vom spätern unterscheidend das innere
Milieu des Individuums genannt hat.

Hoffmanns inneres Milieu, das ihm seine Jugend schuf, fand in den Umgebungen seines späteren Lebens keine Änderungen; nichts brachte ihn von seinem früherworbenen Wesen ab; selten hat ein Mensch so stark wie Hoffmann dieses innere Milieu durch sein Leben hindurch unverändert behauptet. Dieses ist keine Entwickelung, es ist ein Aufwickeln. Er tritt in das spätere Leben wie der Held in das Drama: fertig und bestimmt. Die Ereignisse ändern ihn nicht, sie zeigen ihn, sie wickeln ihn auf.

Als Hoffmann zur Welt kam, waren sich seine Eltern schon lange darüber klar, dass sie durchaus nicht zusammen passten, dass sie sich einander nur zu Leid und Verzweiflung lebten. Der Vater fand in nichts ein grösseres Vergnügen, als gegen alle Ordnung und Regel bürgerlicher Gesellschaft sein Leben zu führen, während das der Mutter in Anstand, Frömmigkeit und genau befolgter Konvenienz aufging. Beides war beiden Natur und Prinzip. Diese sehr tolle Ehewirtschaft

fand ihr Ende, da Hoffmann noch ein Kind war.
Der Alte zog mit seinem ältesten Sohne — sehr
begabt und später verkommen — in eine andere
Stadt, Ernst blieb bei der Madame Hoffmann,
die zu ihrer Mutter zog, einer verwitweten Rätin
Dörffer. Hier fand sie alles, was sie vom Leben
verlangte; korrekte Leute, korrekte Sitten, korrekte Anschauungen und genoss es, bis sie eines
Morgens in ihrem Zimmer, das sie kaum zu verlassen pflegte, still verstorben war. Ernst blieb
bei seiner Grossmutter und in dem Kreis von
Onkeln und Tanten, deren kein Mensch je mehr
gehabt hat als er und keiner grössere Kuriosa
dieser Gattung. Es gelingt Onkeln und Tanten
leicht, da, wo sie in grösserer Anzahl auftreten,
ein Ziemliches an Groteskem zu leisten — in
Hoffmanns Fall war aber alles Mögliche dieser
Art übertroffen. Die Rätin, eine stattliche Dame,
wuchs zum Riesenweib unter den übrigen zwerg-
haft kleinen Menschen Dörfferschen Samens, die
bei ihr wöchentlich zweimal zusammenkamen,
in den sonderbarsten Kostümen vergangener
Moden, um auf alten gleichfalls aus der Mode

gekommenen Instrumenten sich einem lebhaften musikalischen Unwesen hinzugeben. Eine Tante spielte die Theorbe, eine andere die Laute, andere sangen mit fadenscheinigen Stimmen; der Onkel Otto meisterte das Klavicimbal und der Onkel Acciseeinnehmer blies die Flöte, so mächtig, dass ein Diener immer die Pultlichter anzünden musste, die der Onkel mit seinem Spielen auspustete. Hoffmann-Kreisler beschreibt die Konzerte aus der Erinnerung, da er fast noch ein Säugling war, „nur ba-ba sagen konnte und die Finger ins Kerzenlicht steckte". Aber die Wahrheit des Berichtes bittet er deshalb nicht anzuzweifeln. Er ist, wie er sagt, überzeugt, dass jene Eindrücke, die man mit den Augen empfängt, von grösserer Stärke und Dauer sind als jene anderen, die das Bewusstsein erfährt und beurteilt. In dieser grotesken société musicale war auch die Tante Sophie. Sie trug immer ein grünes Taffetkleid mit Rosabändchen geputzt und spielte die Laute „so schön, dass mir ernste Leute versicherten, dass sie zu Thränen gerührt wurden bei der blossen Erinnerung daran." Diese Tante

war Hoffmanns guter Engel; sie nahm ihn auf
den Schoss und erzählte ihm Geschichten. Der
Onkel Otto war sein böser Dämon. Wenn
Hoffmann von der Tante sagt: „sie brachte ein
grosses Licht in mein Herz", so ist es der Justiz-
rat Otto im blumigen Kamisol, der sich so ausdauernd als vergeblich bemühte, dieses Licht aus-
zublasen. In diesem Onkel hatte die Familien-
tugend der Dörfferschen, die Regelhaftig- und
Wohlanständigkeit einen Grad systematischer
Narrheit erreicht. Madame Barine citiert in ihrer
Studie über Hoffmanns Alkoholismus das typische
Krankenbild eines dégénéré méticuleux nach
Marillier ganz zutreffend auf diesen Onkel, der
durch das Leben ging mit der Uhr in der Hand;
alles hatte seine genau bestimmte Zeit und Dauer:
Mahlzeiten und Verdauung, Schlafen und Spazieren-
gehen, Musik und Unterhaltung. Das Opfer
seiner Erziehungswut war der kleine Hoffmann,
der vom Vater alles hatte, was den peinlichen
Onkel und sein System zur Verzweiflung treiben
konnte. Der Lehrer litt unter dem Schüler nicht
weniger, als dieser unter dem Lehrer. Aber viel-

leicht hatte diese Dressur für den späteren Hoffmann die gute Folge, dass er sich nie formlos
in Kunst und Leben verlor, dass ihn sein Vermögen, zu formen, auch in den wildesten Zeiten
seiner Träume nie verliess, dass er nicht bloss
genial unterging in seinem Leben steter Ge-
fahren für den Verlust seiner selbst. — Der
Philister und die Kunst, beide so grotesk miteinander verbunden, das waren Hoffmanns Jugend-
eindrücke, die seiner Persönlichkeit die bestimmte
Note gaben. Er sah die Kunst von Narren und
Pedanten malträtiert, und seine Begeisterung für
sie wuchs, da er sie so leiden sah. Er hasste
den Philister wegen seines gemeinen Verhältnisses
zu den Künsten und machte Karrikaturen aus
ihm. Sein Temperament treibt ihn in Hass und
Liebe zum Äussersten. Seine Liebe zu den
Künsten wird eine passion morbide, wie es Baudelaire von Poe sagt. Hoffmann fand in dem er-
bärmlichsten Leben Schönheit, wenn es nur
irgendwie mit der Kunst zu thun hatte. Er vermochte es, sich mit einem Enthusiasmus durch
das Jammerdasein eines kleinen Theaterdirigenten

durchzuhungern, der sich beim Kulissenmalen und auch sonst nützlich machen musste, dass solche Kunstbegeisterung die Pathologie Hoffmanns erklärt, die ihn völlig unfähig für die Schönheit der Landschaft und des Eros machte. Das Erotische nimmt bei ihm sofort musikalische Formen an. Nicht an der Zeit interessiert, ohne menschliche Teilnahme an seiner Umgebung, ganz beschäftigt mit sich selber — er liest die Confessions des Rousseau zum zwanzigsten Male — ein ausschweifender Musiker, führt er ein artifizielles Leben. Wenn ihn die natürliche Kraft zum Leben verlässt, nimmt er Gift, nur um sich sein artifizielles Leben zu erhalten. Er wird ein systematischer Alkoholiker, nicht wegen des brutalen Rausches, sondern wegen der Rauschstimmungen, die er für seine Kunst nützt. Er will sich im Rausche nicht vergessen, sondern entdecken. Er schreibt: „Gewiss ist es, dass in der glücklichen Stimmung, ich möchte sagen in der günstigen Konstellation, wenn der Geist aus dem Brüten in das Schaffen übergeht, das geistige Getränk den regeren Umschwung an Ideen befördert ... Man könnte rücksichts der Getränke gewisse Prinzipien aufstellen. So würde ich bei der Kirchenmusik alte Rheinweine, bei der tragischen Oper sehr feinen Burgunder, bei der komischen Champagner, bei einer höchst romantischen, wie der des Don Juan, einen Punsch aus Cognak, Arrak und Rum anraten." Eine andere Stelle: „Nicht sowohl im Traume, als im Zustande des Delirierens, der dem Einschlafen vorhergeht, vorzüglich wenn ich viel Musik gehört habe, finde ich eine Übereinkunft der Farben, Töne und Düfte. Es kommt mir vor, als wenn alle auf die gleiche geheimnisvolle Weise durch den Lichtstrahl erzeugt würden, und dann sich zu einem wundervollen Konzerte vereinigen müssten. Der Duft der dunkelroten Nelken wirkt mit sonderbarer magischer Gewalt auf mich; unwillkürlich versinke ich in einen träumerischen Zustand und höre dann, wie aus weiter Ferne, die anschwellenden und wieder verfliessenden Töne des Bassetthorns." Bei Poe steht der Satz: „Das Orangegelb des Spektrums und das Summen der Fliege — das nie höher ist als das zweimalge-

strichene A — erzeugt mir nahezu die gleiche
Sensation. Höre ich die Fliege, so erscheint mir
die Farbe, sehe ich die Farbe, so kommt mir
sofort das Summen der Fliege ins Ohr" (Poe,
Marginalia. The Works VII. 341 Chikago-
Edition) Hoffmann: „Nervöser Kopfschmerz sucht
mich oft heim, aber er gebärt das Exotische." —
Es giebt unter den Künstlern wenige Fälle so
rücksichtsloser Selbstvernichtung wie den Hoffmanns um des künstlerischen Schaffens willen.

Das Wunderbare in seiner Kreuzung mit
dem Wirklichen — Hoffmann sah das mit dem
sechsten Sinne, „der nicht nur alles, sondern noch
viel mehr ausrichtet als die übrigen fünf Sinne
zusammen." „Das bisschen Schnupfen bekam ich
im Traume." Alle Reminiscenzen an das roman-
tische Programm der Pseudoromantiker von der
Art Fouqués sagen nichts über Hoffmann, der
gar kein Verhältnis zu dem romantischen Wunderbaren hatte, zu den Feen, die aus den Grotten
kommen, zu den Gnomen, die im Feuer hausen

und zu den Nixen in den stillen Wässern. Ein
Herr tritt in den Saal, gekleidet wie jeder, aus-
sehend wie jeder, auch redet er nicht viel anders
— aber die im Saale fühlen: er hypnotisiert uns.
Und die Geschichte fährt fort in der Beschreibung
der Gefühlszustände, nur werden diese alle sicht-
bar, kommen den Menschen unter die Haut,
treiben diese auf, machen die Augen schielen,
verlängern die Arme um Ellen, verändern, ver-
zerren — doch alle bleiben Menschen, Berliner,
die in dem Zimmer eines Hauses am Gensdarmen-
markt Thee trinken, aber unter die das Wunderbare getreten ist, das Unerklärliche, das „Viel
mehr" des sechsten Sinnes. Hoffmann sucht es
nicht, denn er findet es überall, es stellt sich
ihm von selbst ein, im ganzen gewöhnlichen
Leben. Damit erreicht er diese Illusion der
Wirklichkeit, die alle seine phantastischen Indivi-
duen in uns hervorruft, damit, dass er sie uns
in einem geläufigen Milieu vorstellt; er ändert
nur die Beziehung der Sensationen. Du schlägst
den Mittelfinger über den Zeigefinger deiner Hand
und unter die beiden Fingerspitzen legst du eine

kleine Kugel, die du nun bewegst: du wirst zwei
Kugeln spüren. Es sind zwei Finger und eine
Kugel, aber die Sensation ist geändert. Dies ist
Hoffmanns Leidenschaft, dass er die einfachen
Dinge des Lebens in dem Rapport ihrer Sensationen ändern muss. Er sieht und fühlt alles in
dieser Änderung, er ist besessen davon, es peinigt
ihn, er ruft mitten in der Nacht seine Frau, die
gute Michaeline aus dem Bette, dass sie sich zu
ihm setze und ihm gegen sich selber beistehe. —
Nicht alles, was Hoffmann schrieb, ist von der
Art solcher Befreiungen. Kurze Zeit vor seinem
Tod einigten sich erst die vielartigen Elemente
seiner Begabung zum Dichter. Früher hatte er
manches gegen den Philister auf dem Herzen,
was er ihm direkt sagen musste; doch diese
satirischen und humoristischen Dinge — der
Kater Murr gehört in seinem Katerteil auch dazu
— sind der litterarische Hoffmann. Und manches,
vieles ist in seinem Werk, das nur der Hoffmann
geschrieben hatte, der Geld brauchte, und was
der Künstler als Schund bezeichnete, „immer
noch gut genug für das Publikum". Der echte

Hoffmann ist in seinen kurzen Geschichten, dem „Don Juan", der „Brambilla" und den anderen, in jenen, welchen das Prädikat „krankhaft", das ihnen Goethe gegeben hat, allein zukommt. In der Morbidität liegt seine künstlerische Grösse, das andere ist jeu d'esprit. — Hoffmanns dichterischem Werk fehlt der Schluss der Erlösung; man sieht ihn immer in die Nacht schauen und den Blick vor der Sonne verbergen. Man frägt sich, wie er das ertragen konnte; man sucht nach dem Aufschwung dieser Natur und ihrer Verklärung. In seinen Schriften findet man sie nicht, aber oft die Wege angedeutet, die ihn zu seiner Ruhe führen, zu der anderen Kunst, die er übte, der Musik. Erst mit ihr scheint Harmonie in die bizarre Architektur seines Werkes zu kommen. Es ist vielleicht mehr als eine Vermutung, dass Hoffmann den Schluss der Erlösung, den im Worte zu geben ihm versagt war, in der Musik gab, denn man kann sich einen solchen Prozess der Ablösung der Ausdrucksmittel wohl vorstellen bei einem Künstler, der beide Formen beherrschte und dessen Musik eine ganz andere Seite zeigt

als seine Dichtung; nicht eine andere, die andere
vielmehr, welche sich äussern musste, sollte
sein seelisches Gleichgewicht nicht gestört
sein. Hoffmann giebt den Schluss seines
Werkes musikalisch, denn sein Wesen
war, dass er sich nicht in einer Form
erschöpfen konnte. In den qualvollen
Nächten seiner irdischen Imagination
hatte er den Trost der ausser-
irdischen Sterne, den feier-
lichen Klang der Sphären.

Aubray Beardsley

eine Schönheit erschreckt mich ins Innerste und thut wundervoll weh, seine Hässlichkeit verfolgt in Träumen — ich liebe ihn, dass ich ihn fast schon hasse, ich hasse ihn, dass er mich so zu thörichter Liebe zwingt" — solchen Worten übergab die Marquise Lilli den Eindruck, den ihr das Werk Aubrey Beardsleys schaffte. Und sie äusserte keine Trauer, als sie von seinem frühen Tode hörte, denn sie meinte, er sei, als er starb, vollendet gewesen, ein längeres Leben hätte nicht mehr aus ihm machen können. Und dass uns ein menschliches Mitleid verführen möchte, uns so ganz an ihn zu verlieren, dass wir keine Wege mehr zu den Künsten anderer fänden. So grausam sind Frauen, die aus Liebe hassen. — Ein junger Mann, der Blätter von Beardsley sah, lachte stark und suchte seine Überlegenheit in einen Witz zu fassen; er rühmte sich, „gesunde Instinkte" zu haben.

Eine Vignette Beardsleys ist nicht zu übersehen. Da reitet die traurig-ausgelassene Gottheit des Decadence gescholtenen Aufgangs unserer Künste, Pierrot, auf dem Pegasus, der sich anschickt, auf den Parnass zu galoppieren. Darunter schreibt der Künstler: Ne Jupiter quidem omnibus placet. Nach allem, was Freunde von Beardsley erzählen, was wir von seinem Leben erfahren, was sein Werk erlebt hat, der Mensch, der Künstler, seine Kunst und ihr Schicksal hat Beardsley in dieses stolze Wort gefasst. Selbst Jupiter gefällt nicht allen: Er selber war sein grösster Bewunderer, uneingeschränkte Bewunderung verlangte er von seinen Zeitgenossen, alle ungünstige Kritik eines Werkes war ihm wie eine persönliche Beleidigung. Beardsley konnte, als er zwanzig alt war und seine Künstlerschaft begann, die Jahre, die ihm noch zugemessen waren, an den Fingern einer Hand zählen, er wusste, dass er keine Zeit habe, auf den Ruhm zu warten, den die Welt den Grossen zu spenden anfängt, wenn diese anfangen, senil zu werden. So berühmt zu werden war nicht sein Ehrgeiz — dieser war, in Ruf zu kommen, in Mode zu kommen wie die Guilbert,

die Chimay oder die Cléo de Mérode. Er stellte
vieles an, um dies zu erreichen. Ärgerte sich
ein Rezensent über die Kühnheit eines Blattes,
so überbot er diese durch ein noch kühneres; er
meinte, sich alles, auch Schlechtes erlauben zu
dürfen. Er mystifizierte seine „Feinde", wie er
die übelwollenden Kritiker nannte, indem er Dinge
zeichnete in einem anderen Stil mit fingierten
Namen, und der Gamin Beardsley war glücklich,
als die Kritiker darauf hereinfielen und ihm sagten,
er könne an diesen Blättern lernen, wie es zu
machen sei. Wie allen, die so heftig die Aufregungen des Beifalls suchen, war auch ihm eine
starke Verachtung des Publikums eigen. Er hatte
enthusiastische Bewunderer, er hatte Gegner, die
ihn der Unzucht anklagten — der Streit beider
miteinander und um ihn begleitete ihn sein Leben
lang und machte ihm das so kurze zu einem
glücklichen, denn er hatte, was er wünschte: be
rühmt und berüchtigt zu sein.

Aubray Vincent Beardsley wurde am 21. 7.

1872 in Brighton geboren. Von seinen Eltern
hat man nichts aufgeschrieben, nur seiner Schwester
gedenken die Biographen, die treu zu ihm hielt
und ihm half, wo und wie sie es nur immer
vermochte. Er war neun Jahre alt, als man ihn
nach Epsom schickte, damit er da von der Schwind-
sucht geheilt werde. Im März 1883 zog die
Familie nach London. Er galt da als ein Wunder-
kind, doch als ein musikalisches. Er spielte mit
seiner Schwester in Konzerten und verblüffte durch
die Brillanz seiner Technik und die Stärke seines
Ausdruckes. Zur Musik hatte Beardsley zeitlebens
ein starkes, vielleicht sein stärkstes Verhältnis;
wenn er über sie sprach, that er es, der sonst
zu Scherzen neigte, ernst und dogmatisch fast;
die Musik sei, meinte er immer, der einzige
Gegenstand, über den er etwas wüsste. 1884
kam das Lesen über ihn; er verschlang Buch
um Buch. Und gleichzeitig mit diesem Auf-
nehmen regte sich, wie immer bei ihm, die Lust
zum Selbstschaffen: er begann eine Geschichte
der Armada zu schreiben und verfasste 1885 als
Schüler der Grammar School zu Brighton eine

Farce „Browne Study", die von ihm und Mitschülern gespielt wurde, wie er sich in dieser Zeit überhaupt stark mit dem Theaterwesen abgab. Er zeichnete zu den Aufführungen die Einladungskarten: die von der Kate Greenaway illustrierten Bücher reizten ihn, sich auch hierin zu versuchen. Er karrikierte seine Lehrer, die es ihm nicht nur nicht übel nahmen, sondern sich darüber freuten und ihm gerne Modell sassen. In dem Magazin der Schule: „Past and Present" wurden diese ersten Versuche Beardsleys veröffentlicht. Sie sind auffallend durch ihre völlige Unbedeutendheit. Im Juli 1888 verliess er die Schule, um in das Bureau eines Londoner Architekten als Zeichner einzutreten. Im nächsten Jahre gab er das auf und erhielt eine Stelle in der Feuer- und Lebensversicherung „The Guardian". Im Herbst desselben Jahres meldete sich stärker wieder seine Krankheit: ein Blutsturz folgt dem anderen. Es ist, als ob die Muse darauf gewartet hätte, sich Beardsley Hand in Hand mit dem Tode zu nahen: die sechs Jahre seiner Künstlerschaft und seines Sterbens begannen.

Viele Namen sind es, die den Ruhm beanspruchen, Beardsley „entdeckt" zu haben. Dieses
that er wohl selbst; das andere verhält sich so,
dass Mr. Vallance — W. Morris' Schüler und
Biograph — ihn bei dem Verleger der Modernen
John Lane einführte und dass Mr. J. M. Dent Beardsley dadurch nützte, dass er ihm die illustrative
Ausstattung der „Morte d'Arthur" übergab. Dies
war 1892. Im folgenden Jahre erschienen die
beiden Quartbände von Ritter Malorys Sagen-
sammlung, 1894 Oskar Wildes „Salome" in
der englischen Ausgabe mit Beardsleys Schmuck,
im April desselben Jahres das „Yellow-Book",
für dessen ersten Band er achtzehn Blätter,
Titel und Leisten zeichnete. 1895 erfolgte
der Bruch mit dieser anfangs vorzüglichen Zeit-
schrift, die nun eines der vielen englischen
Publisher-Magazins wurde und Januar 1896 wurde
von Symons und Beardsley „The Savoy" gegründet, den der Verleger Smithers herausgab.
In den acht Heften des „Savoy" erschien ein
grosser Teil von Beardsleys Werk. 1896: Popes
Rape of the Lock mit Beardsleys Bildern. Schwer-

krank wird der Künstler im März 1897 katholisch und verlässt für immer England. Er ging
zuerst nach Paris, dann nach Dieppe, Ende des
Jahres nach Mentone, wo er am 25. März 1898
mit den Tröstungen seines Glaubens versehen
starb. Zeichnungen zu Ben Jonsons Volpone be-
schäftigten ihn bis zuletzt; er hinterliess sie un-
vollendet.

Es ist ein Dogma der modernen Kritik, dass
man der Beurteilung und dem Verständnis des
Werkes mit einer genauen Kenntnis seines
Schöpfers einen sicheren Boden geben müsse,
dass man nichts versäumen dürfe, was etwa
physiologisch für das Urteil von Bedeutung wäre
— bei Beardsley ist das Ergebnis solchen Suchens
klein. Wir wissen nichts von seinen Vorfahren,
von seiner Schwester nur, dass sie ihn liebte.
Wir wissen wenig genug von dem Milieu seiner
Kindheit und Jugend. Von seinen Freunden ver-
sichern uns eben diese Freunde, dass er Freunde
im eigentlichen Sinne nie gehabt hat. Von seinem

Verhältnis zu den Frauen wissen wir nichts.
Was wir wissen, sind — abgesehen von seiner
Krankheit — nur Resultate, Ergebnisse von Vor-
bedingungen, die uns unbekannt sind. Wir kennen
seine Leidenschaft für die Musik. Und man kann
vielleicht manches in seinen Blättern finden, das
man geneigt wäre auf diese Leidenschaft zurückzuführen: Vage, traumhafte Inhalte, denen —
wie in der Musik — ein sinnlicher, unverworrener,
technischer Ausdruck in den Linien gegeben ist.
Welchen Litteraturen galt Beardsleys Vorliebe?
In der Knabenzeit waren es Abenteurerromane
neben dem Leben der Heiligen, dann waren es
die alten englischen Dramatiker, später ist es die
französische und englische Litteratur, die ihn an-
ziehen und bilden. Auch jener Gruppe der Franzosen ist nicht zu vergessen, die man die Sym-
bolisten nennt, Baudelaire, Mallarmé, Verlaine,
Henri de Regnier liebte er besonders. Doch war
seine Neigung für die älteren Litteraturen stärker,
die antiken las er — wie jeder wohlerzogene
Engländer — in der Originalsprache, den Horaz
besonders gerne und den Juvenal. Beardsleys

Freunde waren erstaunt über seine Belesenheit,
die keineswegs eine grosse Kenntnis von Buch-
inhalten war; man erstaunte über die feine Ordnung, den schönen harmonischen Verbrauch dieser
Kenntnisse bei solcher Jugend. Nichts las er,
nichts erfuhr und erlebte er, das sich nicht seinem
bereits Erworbenen organisch eingefügt hätte. Er
kannte keine Verblüffung und spottete, wenn
andere von inneren Gärungen sprachen.

Wer die beiden Bände des Morte d'Arthur
in Dents Ausgabe durchblättert, wird erstaunt
sein über die Fülle von Schmuck, den der zwanzig-
jährige Beardsley hier gegeben hat. Der Einfluss
der Praeraphaeliten, besonders Burne-Jones ist
deutlich, aber mit welcher Phantasie sind die
Formen der Schule erfüllt, zu welcher Dekoration
das Ornament gesteigert! Hierin hat Beardsley
seine Lehrer übertroffen, wenn er auch ihren
Intentionen folgt. Und diese Gefolgschaft wurde
ihm während der Arbeit lästig — der zweite
Band ist voll Wiederholungen, er bringt wenig

neues; Beardsley lässt Burne-Jones fallen, behält
von ihm, was seiner Art zusagt und stellt sich
unter einen neuen Einfluss. Darin bestand die
Originalität dieses so ganz unoriginalen, immer
beeinflussten Künstlers, dass er von Stil zu Stil
gehend, vom älteren behaltend, dies mit neuer
Entlehnung mischend das Ganze wieder bis auf
Weniges aufgiebt, um mit diesem wieder eine
neue Mischung mit einer neuen Entlehnung zu
bereiten. Er ahmt immer nach und ist selbst
unnachahmlich; man fühlt, man spürt seine Originalität und kann sie nicht bestimmen wie ihr
Gegenteil. Neben Burne-Jones und Mantegna,
von dem er auch später „immer noch Geheimnisse
lernt" wie er selbst sagte, sind es in derselben
Zeit die Japaner, die ihn gefangen nehmen, ihn
lehren, die früher fliegenden und schwingenden
Linien in die Groteske zu ziehen und ihm eine
Liebe zum Detail beibringen, die Beardsley nie
verlassen hat. Aus dieser Zeit sind Blätter „La
Comédie aux Enfers" und „The birthday of
Mme. Cigale". Kaum dass diese Einflüsse fest-
gehalten, werden sie auch schon wieder von

anderen abgelöst. Und dies sind nicht zufällige
Änderungen — das wäre dilettantisch. Alle Ein-
'flüsse, die auf Beardsley wirken, sind vielmehr
in seiner Art, die er mitbrachte, die er als Unter-
grund hatte, vorbedingt. Es ist wie ein schritt-
weises Annähern an sein Ideal, das zu erreichen
er die zuerst befreiende, dann drückende, da aber
auch schon verlassene Hilfe anderer braucht. Das
Ideal ist die Kunst in Schwarz und Weiss — nicht
in der Art Klingers, sondern in der Beardsleys.
Diese ist, seine Darstellung nicht nur frei von
allem Malerischen und Zufälligen zu machen,
sondern den Gegenstand in Essenz zu geben mit
den Mitteln der Linie und dem Ziel der Dekoration eines weissen Blattes Papier. In den
Blättern aus seiner letzten Zeit, z. B. der „Lysi-
strata", verzichtet er auf allen Hintergrund. —
Was ihn weiter führte, waren nun Whistler und
die antiken Vasenbilder. Eines der Porträte der
Rejane giebt „Whistlered Beardsley". Die Bilder
zu Popes Lockenraub zeigen ihn in einer neuen
Vollendung. Nun halten die Maîtres débonneurs
des 18. Jahrhunderts das so oft getaufte Kind

über das Becken. Dies ist so eigentümlich bei diesem Künstler: er ändert sich und man erkennt ihn sofort wieder, das ist: er ahmt nicht nach, sondern lernt sein Wesen an dem anderer entdecken. — Ein so subtiler Künstler wie Beardsley legt Wert auf die Art seiner Signierung. Zuerst unterschreibt er mit seiner Handschrift Aubrey V. Beardsley, dann fällt das V weg, Japan bringt die stilisierten Samenballen der Tussilago, ein Zeichen, das in einfacher oder reicher Ausführung lange gebraucht wird wegen seines ornamentalen Reizes. Auf einigen Blättern finden sich A und B in der Art der Dürerschen Marke, schliesslich nur mehr in Marginalien AVBREY BEARDSLEY.

Wie immer auch die Meinungen über den Künstler auseinandergehen, darin sind alle einig, dass Beardsley ein ausserordentlicher Zeichner war, der die ornamentale Linie beherrschte wie wenige. Eine Zeitlang drohte er dieses sein Können selbst zu zerstören, in der Zeit, da er sich unter dem Einflusse der Japaner der Tusche bediente. Doch rasch fand er das ihm eigene Mittel wieder. Kritiker, deren Urteil darin kulminiert, ob etwas auch „richtig" gezeichnet ist, fanden diese Hand zu gross, diesen Fuss zu klein — sie messen hier mit einem falschen Mass, weil sie am unrechten Orte damit messen. Sie missverstehen Beardsleys Kunst, die vor allem eine dekorative war und auch sonst gar nicht den Anspruch erhebt, eine Kunst der äusseren Naturwahrheit zu sein. Beardsleys Neigung war, einen seelischen Zustand, einen Charakter, eine Leidenschaft in den Linien des menschlichen Körpers und seiner Bewegungen darzustellen; es genügt ihm nicht, etwa bloss den Blick der Augen zu ändern, um einen Affekt auszudrücken, er ändert den ganzen Körper — Hände, Füsse, Kleidung, Haar und auch die Umgebung erfahren Änderungen, doch nicht solche sogenannt symbolischer Art. Keine Übersinnlichkeiten zeichnet Beardsley, keine Philosophien und Ideen: die moralische Qualität des Individuums, wie sie sich in seiner Körperlichkeit ausdrückt, ist sein Gegenstand.

Zu den Dingen, welche Beardsley liebte und häufig zeichnete, gehörten die Bewegungen eines barocken Tanzes, Frauen bei der Toilette, eigenartige, vielen Moden und Stilen entlehnte Kleider, ein Schmücken der Räume mit merkwürdigen Tischen und Stühlen; schlanke Kandelaber mit dünnen Kerzen und reichgerahmte Spiegel kehren oft wieder. „Die Terrasse war mit tausend eitlen und phantastischen Dingen geschmückt und bot — mit hundert Tischen und vierhundert Sesseln besetzt — einen wahrhaft prächtigen Anblick. In der Mitte war ein Springbrunnen mit drei übereinander befindlichen Bassins. Aus dem ersten erhob sich ein Drache mit vielen Brüsten, und kleine Liebesgötter waren da, die auf Schwänen ritten, und jeder Liebesgott trug einen Bogen und einen Pfeil. Zwei von ihnen, im Angesicht des Ungeheuers, schienen vor Furcht zurückzuschaudern, zwei, ihm im Rücken, kühn genug, ihre Pfeile nach ihm zu richten. Vom Rande des zweiten Beckens erhob sich ein Kranz schlanker goldner Säulen, die von silbernen Tauben mit ausgebreiteten Flügeln und Schwänzen gekrönt waren. Das dritte Becken wurde von einer Gruppe grotesk verdünnter Säulen getragen, und aus seiner Mitte stieg ein Wasserrohr auf, das mit Masken und Kränzen behangen war und oben in Kinderköpfen endigte.

„Aus den Mündern des Drachen und der Liebesgötter, aus den Augen der Schwäne, aus den Brüsten der Tauben, aus den Hörnern und Lippen der Satyre, den Masken an manchen Stellen und den Locken der Kinder spielte das Wasser verschwenderisch und schrieb seltsame Arabesken und Figuren in die Luft."

„Auf der Terrasse war eine Kerzenbeleuchtung verwendet. Man konnte im ganzen 4000 Kerzen zählen ausser denen auf den Tischen. Die Leuchter waren von einer unbeschreiblichen Mannigfaltigkeit und überall lächelten verborgene Unanständigkeiten aus ihren Verzierungen heraus. Einige waren zwanzig Fuss hoch und trugen einzelne Kerzen, die wie duftende Fackeln hoch über den Häuptern der Festteilnehmer flackerten und tropften, bis das Wachs oben um den Rand in langen Lanzen stand. Einige waren mit schimmernden

Unterröckchen behangen und trugen eine ganze Versammlung von Kerzen, in Kreise, Pyramiden, Würfel, Kegel, einzelne in gerade Linien und Halbmonde geteilt."

„Ferner fanden sich auf Priapen und graziösen Pilastern jeder Art muschelförmige Vasen voll üppiger Früchte und Blumen, die überhingen und über die Ränder quollen, als wollten sie sich nicht halten lassen. In zerbrechlichen Porzellantöpfen standen die Orangen- und Myrthenbäume, und Rosenbüsche waren mit superber Erfindung über Gitterwerk und Pfosten geschlungen und gewunden. Auf der einen Seite befand sich eine lange, vergoldete Bühne, behängt mit pagonianischen Tapeten, gegenüber der Musikstand."

„Die Tafeln hatte man zwischen der Fontäne und der Treppenflucht, die zur sechsten Terrasse führte, aufgestellt. Alle waren rund, mit weissem Damast bedeckt und mit Iris, Rosen, Ranunkeln, Asphodillen, Akelei, Nelken und Lilien bestreut; und auf jedem Sessel, die mit unendlich

verschiedenen Stoffen bedeckt waren, lag ein
Fächer."

„— — Was die übrige Gesellschaft betrifft,
so konnte sie sich einiger bemerkenswerter Toi-
letten und ganzer Tische voll der herrlichsten
Frisuren rühmen. Man sah da Schleier, die ge-
fleckt waren und Muster auf die Haut zeichneten,
Fächer mit Schlitzen, um ihre Träger hindurch-
blinzeln und -blicken zu lassen, Fächer mit Gesichtern bemalt, mit Sonetten Sporions oder den
kurzen Geschichten Skaramouchs beschrieben und
Fächer aus grossen lebenden Nachtfaltern auf
Bergen von Silbernadeln. Und Masken aus
grünem Sammet, die das Gesicht dreifach be-
pudert erscheinen lassen; Masken aus Vogelköpfen
und Gesichtern von Affen, Schlangen, Delphinen,
Männern und Frauen, kleinen Embryonen und
Katzen; Masken, die dem Antlitz von Göttern
glichen, und Masken aus dünnem Talk und
Gummielastikum. Perücken trug man aus schwarzer
und scharlachener Wolle, aus Pfauenfedern, aus

Gold- und Silberfäden, aus Schwanendaunen, aus
Weinsprossen und aus menschlichem Haar; ungeheure Halskrägen aus steifem Mousseline, die
hoch über den Kopf wegstanden, ganze Kleider
aus einwärtsgebogenen Straussenfedern, Tuniken
aus Pantherfellen, die wundervoll über Rosatricots
aussahen, Kapots aus rosa Atlas mit Eulenflügeln,
Ärmel in Gestalt apokalyptischer Tiere, Strümpfe,
in deren Zwickel sich Darstellungen von Fêtes
galantes und sonderbare Zeichnungen befanden,
und Unterröcke, die wie künstliche Blumen ge-
arbeitet waren. Einige Herren trugen reizende
purpurfarbene oder grüne Schnurrbärte, die mit
vollendeter Kunst gedreht und gewichst waren,
andere trugen grosse weisse Bärte nach Art des
Heiligen Wilgeforte. Dann hatte Dorat ihnen
ausserordentliche Vignetten und Grotesken auf
den Leib gemalt, an mancherlei Stellen: auf
eine Stirne eine alte Frau, die von einem un-
verschämten Amor verfolgt wird, auf eine Schulter
eine verliebte Affenszene, rund um eine Brust
einen Kreis von Satyren, um ein Handgelenk
einen Kranz blasser, unschuldiger Kinder, auf

einen Ellbogen ein Bouquet Frühlingsblumen,
quer über einen Rücken ein paar überraschende
Mordgeschichten, in die Winkel eines Mundes
kleine rote Flecke, auf einen Nacken eine Flucht
Vögel, einen Papagei im Käfig, einen Zweig mit
Früchten, einen Schmetterling, eine Spinne, einen
betrunkenen Zwerg, oder einfach ein paar Initialen."
Es ist wohl nicht nötig zu sagen, dass dies
Stellen aus Beardsley's ,Under the hill' sind, in
der ausserordentlichen Übertragung von R. A.
Schröder.

Beardsley liebt es, das Geschlecht seiner
menschlichen Figuren manchmal übermässig zu betonen, oft wieder hermaphroditisch zu verwischen.
Ein Selbstporträt in den „Posters in Miniature"
gleicht etwa dem Bilde jener Mädchen mit kurzem
Haar, vollen Lippen und steifer Hemdbrust, welche
die Pariser Karikaturisten gerne verlachen, nur
dass Beardsley fern von aller Karikatur ist. Denn
er übertreibt nie äusserliche körperliche Eigentüm-
lichkeiten zu einem lächerlichen, sondern psychische,

moralische, wenn man will, zu einem grotesken
Effekt, es ist, wenn auch Geist, so doch nicht
Witz und Komik in seiner Übertreibung. Seine
Typen sind in ihrer monumentalen Hässlichkeit
und Schönheit Erfindungen, Visionen des Wesent-
lichen, aber sie haben kein Modell in der kleinen
deutlichen Wirklichkeit. Man muss sie mit den
bekannten Grotesken Lionardos vergleichen. Man
kann bei Beardsley nicht von Absichten sprechen,
die ihn veranlassen, der Eigentümlichkeit seiner
Natur entsprechend sich das Gegenständliche seiner
Zeichnungen zu wählen. Absicht, Überlegung,
Ordnung sind ihm nur bewusst in Hinsicht auf
das Formale. Welcher Art immer die technischen
Einflüsse sind, denen er sich hingiebt, seine Originalität, was das Unbewusste, sein psychisches
Verhalten angeht, bleibt davon unberührt, ist sich
gleich vom Anfang bis zum Ende seiner Kunst.
Beardsley ist manchmal satirisch, aber er ladet
nicht zum Lachen ein, er trifft sich nicht mit
Gemeingefühlen, er ist nicht sozial. Und dies
ist es auch, was Beardsley von einem Künstler
trennt, der sich mit ihm — sonst ganz unähn-

lich — in Einem berührt, ich meine Rops. Es besteht zwischen beiden eine Art Verwandtschaft, so entgegengesetzt sie auch in den formalen Ausdrucksmitteln sind. Beide haben sie zu Inhalten die Probleme der menschlichen Schönheit in ihrer Sündhaftigkeit. Aber Rops ist mit aller Kenntnis der Raffinements der Derbe, Laute. Seine Kraft liebt das Fleischliche der Sünde, die Brutalität, das Orgiastische. Seine Erotik geht den Weg zwischen Anbetung und Verachtung. Er liebt, um nachher zu hassen, von Eckel erfüllt zu sein. Er ist der Heide, der den Protestantismus zu Hilfe ruft. Er ist der Sinnliche, der seinen Intellekt zur Rache an der Sinnlichkeit braucht in Satiren ohne Schonung. Rops giebt die Natur unverändert, denn seine Psychologie ist schon in den äusseren Formen und Vorgängen erschöpft. Seine symbolischen Werke sind in der Zeichnung naturalistisch, als Ganzes vom Verstand, vom Witz geordnet zu einem Epigramm. Und sein Verstand deckt sich mit dem der intellektuellen Menge. Beardsley sieht Zustände und Menschen von innen heraus; das nimmt alles das Gewand der intuitiv

erkannten Seelen an, die den Körper deformieren.
Da wird die Sünde schön und eine Tugend, weil
sie gross und herrschend ist, da wird die kleine
Tugend und halbe Sünde zur widerlichsten Hässlichkeit. Die Gottheit bestätigt sich in der Kraft,
mag diese zum Bösen oder zum Guten treiben;
Satan ist fromm und der Heilige ist fromm. Bei
Beardsley wird eine Frömmigkeit deutlich, die
sich ihren Glauben aus der Sünde bestätigt: Die
Frömmigkeit des Satanismus wie bei Baudelaire
und vielen Religiösen unserer Zeit. Von Rops
ist ein Aquarell „Messalina", von Beardsley zwei
Blätter: „Spaziergang der Messalina" und „Messalina kommt aus dem Bade". Bei Rops ist es
ein Weib zwischen zwei Altern. Der Körper ist
gut in den Muskeln, der weiche Marmor der
Wollüstigen. Der etwas geöffnete grosse Mund
lässt wie bei einem Tier die Zähne sehen, die
Augen sind verwischt von Ermattung und Verlangen. Beardsleys Messalina ist ein Weib von
fünfzig Jahren, dessen Formen in Fett verloren,
deren Augen klein und hektisch, deren dicke Lippen
fest geschlossen sind. Rops Messalina ist das

Weib schlechthin, der Körper; Beardsleys Messalina ist die Steigerung zum Intellektuellen, zur
Sünde. Sein Heidentum ist katholisch.

Beardsleys Kunst ist wie die des Rops der
Perversität angeklagt worden. Von Kritikern,
welche ohne Verhältnis zur Kunst diese nur dazu
nützen, den Schöpfer auf eine vulgäre Moralität
zu prüfen. Sie sind die lauten Stimmen einer
Zeit, welche überzeugungslos und ohne Scham
und mit demokratischer Wut die Grössen als klein,
schlecht und gewöhnlich dem danach lüsternen
Publikum zeigen möchte. Hier war die Zeit der
Eulogien besser, die lobte und wenn sie nicht
loben wollte oder konnte, schwieg. — Beardsleys
Freunde haben über sein Menschentum nicht ge-
schwiegen, ich glaube auch nichts verschwiegen,
wohl weil sie keinen Anlass dazu hatten. Er
wird beschrieben als stolz und von sich selbst
überzeugt, was ihn nicht hinderte, andere zu
achten oder zu loben, wohl aber von den anderen,
die ihm dessen nicht wert schienen, zu schweigen.

Er war trotz seiner Soziabilität menschenscheu; es fehlte ihm das Bedürfnis nach Mitteilung, was man oft bei Menschen findet, deren Intellekt starke Neigungen zur Abstraktion zeigt. Doch verschloss er sich nie dem Leben, an das er mit vielen Interessen geknüpft war. Er kleidete sich wie ein Elegant und fand die sichtbaren äusseren Zeichen des Künstlertums, dessen Pose, lächerlich; für Worte wie Inspiration hatte er Verachtung. Als einer ihn frug, ob er Visionen habe, gab er die Antwort: Ich gestatte mir so etwas nur auf dem Papier. Keiner hat ihn je bei der Arbeit gesehen, die er am liebsten abends bei Kerzenlicht that. Kam ein Besuch, so legte er alles beiseite — nie hörte man ihn mit der Miene eines Geschäftigen sagen, dass er keine Zeit habe. Von seinen drei Gedichten und von seiner Novelle hielt er viel, wie er überhaupt geneigt war, sich als homme des lettres vorzustellen. Er hatte hier viele Pläne, wie einen Aufsatz über Rousseau, einen anderen über die „Liaisons dangereuses" zu schreiben, der Fragment blieb, wie auch die Tannhäusertravestie „Under the hill". Man hat

Beardsley den Sinn für die lebende Natur ab-
gesprochen. Ihm eigentümlich verwendet er sie
nur im Ornament aus Blumenmotiven. Zu Land-
schaftlichem benutzte er einfach Claude oder
Watteau. Es ist bei ihm keine Spur einer grotesken Behandlung der Natur zu finden.

Mit vielen Worten könnte man noch vieles
von der Art Beardsley's wiederzugeben versuchen. Doch frägt man den Künstler um den
letzten Grund seines Schaffens, den, der nicht
von aussen kommt, so wird er erstaunt aufsehen
und sagen: ich weiss nicht. Wollen wir da mehr
wissen? Können wir Erklärer des Unerklärbaren
sein? Wir können im Letzten nur von unserer
Begegnung mit dem Künstler berichten, sagen,
was wir neues von ihm erfahren haben, uns
freuen, wenn unsere Art und die des Künstlers
sich in nicht weiter nennbaren Zeichen versteht.
Diese Harmonie übertragen wir dann auf das
Werk und nennen es schön. Die Kritik belehrt nicht
und sie bekehrt nicht, sie ist nichts weiter als „de

se borner à connaître de près les belles choses, et
à s'en nourrir en exquis amateur, ou humanistes
accomplis" und davon zu erzählen, wenn
man das Spiel der Worte liebt. Kunst ist
dann wohlgestalteter Bericht von den
Gefühlen des Künstlers gegenüber
dem Leben. Wenige haben ihren
Bericht so wohl- und reichge-
staltet als es diese Jugend Aubrey Beardsley vermochte.

Orpheus: ein Symbol

ark, in dem Orpheus und die drei Prinzessinnen wandeln.

Die eine Prinzessin: Wie war es? Wie nannten Sie's? „. . das Feuer roter Liebe brennt und glüht und sengt Euch auf . ." wie war es?

Orpheus: Ach lasst, Prinzessin!

Die eine: Nein so: Ein Scepter von Glut und rotem Gold, ich führ es, sagten Sie, ein Herrscher über alle Kreatur. Nun seht, mir hat die ganze Nacht geträumt, ob ich auch wachte, Ihr Scepter läge bei mir im Bett. Erst hat es mich geküsst, dann schlug es mich, dann küsste es mich wieder und that mir weh und that mir Gutes. Ich träumte so die Nacht bis in den Morgen.

Orpheus: Die Rätsel des Tages, die du im Traume löstest . .. .

Die andere Prinzessin: Hört auch meinen wachen Traum. Mir träumte: Sie spielten auf der Leier und die Leier war ich, so: Sie lösten mir das Haar, dass mir's bis an die Füsse niederfiel

und da banden Sie es an den Knöcheln fest und
spielten dann, spielten auf diesen gelben Saiten.
Ich fühlte Ihre Hände, wie sie auf und nieder-
glitten, bald weich und ganz sanft, dann wieder
dass ich vor Schmerz aufschrie; so drangen die
Töne wie Dolche in mein Inneres; und als Sie
dann das Spiel endeten, da legtest du die Hand
hierher, hierher und sprachst: Gut gebaut ist diese
Laute, so giebt sie guten Klang. — Das war
mein Traum.

Orpheus: Es war die Sommernacht, die Euch
die Träume gab so unruhvoll und Euch das Blut
zu rascheren Pulsen trieb. Ihr, Prinzessin? Ihr
träumtet?

Die dritte Prinzessin: Nichts. Ich schlief
nicht, und ich träumte nicht. Wollte ich das
eine, so weckte mich von dieser da ein Seufzer
und jene störte mich in eines Traumes schön
erdachtem Anfang, dass sie laut deinen Namen
rief. So fand ich weder Schlaf noch Traum und
doch war keine Nacht mir noch so schön wie
diese. Mir war es, als ob alle Sterne in meinem
Herzen aufgingen.

Orpheus: Es löst sich was gebunden ist, und das Schlafende erwacht in eine neue Welt. Ich sage Euch: das Todte selbst steht auf und wird lebendig vor dem Wort, dem Klopfenden, dem man die Thüren öffnen muss.

Die andere: Ich fasse den Sinn nicht, doch der Spur zu folgen, dem Tönen Ihrer Lippen zu lauschen ist schöner als verstehen. Ich könnte es nicht nennen was es ist, doch ich fühle dich und dein dunkles Wort wie es mir das Blut bewegt.

Orpheus: Ich pflücke Euch diese blauen Wasserrosen — tragt sie an Eures Busens Zärtlichkeit. Ihr nehmt sie nicht? Nicht? Warum zögerst du? Glaub mir doch! Du meinst, es sei dein Augenpaar, das dich oft widerscheinend aus dem Weiher täuschte, wenn du Rosen pflücken wolltest — nun sind es Rosen. Nimm sie an deine Brust, das laute Blut damit still zu machen.

Die andere: Ach, das laute Blut! Ruft es Rosen? Löscht man ein Feuer denn mit Rosen?

Orpheus: Die Flamme brennt erst auf deinen Lippen, brennt sie erst im Herzen

Die erste: Was thut man dann?

Orpheus: Dann suchst du nicht und findest,
was sie löscht.

Die andere: Oh! dann lass ich's brennen,
dass mir die Flamme von den Lippen ins Herz steigt.

Die dritte: Wie lange braucht sie von den
Lippen hierher?

Orpheus: Manchmal nur diese kleinste Weile.
(Er küsst sie und geht rasch fort.)

Die dritte: Orpheus!

Die beiden anderen: Was ist dir, Schwester?

Die dritte: Das Feuer! Orpheus! Orpheus!
Ach helft, Schwestern, helft! Mir ist ein Unsäg-
liches geschehen! Orpheus!

Die drei: (rufen) Orpheus! Orpheus!

Eine Terrasse. Die drei Prinzessinnen halten
sich umschlungen und ihre Augen sind geschlossen. Abseits spielt eine Gesellschaft mas-
kierter Musikanten dieses Stück:

Es löst die That in Ruhe sich, das Wort
das Thaten redet, macht die Sinne tanzen.
Es hat das Leben Euch noch nicht belehrt,

dass Träume seine reichsten Lüste sind,
dass mächtiger die Sehnsucht ist, wenn ihr
noch nie Erfüllung ward; wenn sie ihr Ziel
nicht kennt, wenn Sehnsucht ihre Sehnsucht ist.
Sie flieht von Euch und kommt zu Euch zurück,
mit fremden Sternen einer anderen Welt
geschmückt, mit fremden Sprachen zu Euch
redend
— doch kennt Ihr immer Eure Sehnsucht wieder,
versteht den Sinn aus fremder Worte Tönen.
Dass Euch das Leben nie entgegenkomme!
Das Leben hasst die Sehnsucht! Eines stirbt.
Ihr fragt das Leben um der Sehnsucht Weiten,
die Sehnsucht um des Lebens enge Grenzen
Und Angst und Streiten werden Ruh und
Schweigen.
Dass Euch das Leben fordernd nie begegne!
Es lehrt Euch, Eure Sehnsucht hassend tödten
und macht Euch leblos dann in trägem Sterben.

Der Park. Hohe Bäume um eine Quelle,
deren Wasser in ein weites Becken fallen.

Orpheus: Steht so die Sonne, küsst man nicht mehr, Fräulein. Dies ist die Zeit des müden Ruhens im Schatten des Schweigens.

Die erste: Schweigt die Quelle? Sie lockt und lacht und ladet ein, die kühlen Arme streckt sie nach mir aus, verspricht mir Köstliches — wer zaudert noch? Ich geh zu ihr. Schwester, lös mir die Spangen.

Die andere: Was machst du denn?

Die erste: Ich löse sie auch dir.

Die dritte: Nehmt mich mit Euch. (Sie entkleiden sich gegenseitig.)

Die erste: Sieh hin, wie er dort liegt und träumt. Er schaut nicht her, als ob er Hässliches zu sehen fürchtete, so hält er seine Augen fest und lässt sie in den Wolken suchen. Wie dumm!

Orpheus:

Es neiget sich der Himmel, Euch zu sehen.
Der Sonne Hände fassen ins Geäst
und biegen's auseinander, Euch zu sehen,
die Blumen wenden ihre Häupter, Euch zu
                                        sehen,

es streckt sich jeder Halm, um Euch zu sehen,
es wird die ganze Welt ein Augenpaar,
um Euch zu sehen.

Die andere: Nur Orpheus schaut nach den Wolken.

Orpheus: Drei weisse Schwäne ziehen dort, wie Euer Spiegelbild in Lüften.

Die eine: Ich bin bereit. Empfange mich als erste, Quelle, du mit weichen Händen.

Die andere: Quelle, nimm auch mich in deinen Schoss.

Die dritte: Kosende mit tausend Fingern!

Die andere: Wir wollen einen Kranz aus blauen Rosen für den dort binden.

Orpheus: Er ist für den, der nach mir kommen wird.

Die eine: Wer ist's, der nach dir kommen wird?

Orpheus: Der Held. Er naht sich unter vielen — kränzet nicht den Falschen!

Die dritte: Wie sollen wir ihn erkennen?

Die andere: Ist er wie du?

Orpheus: Nichts weiss ich. Ich weiss nur,

dass er nicht ist wie ich. Ihr wisst es und erkennt ihn, wenn Ihr reif seid. Dann fragt Ihr
keinen: bist du's? Bist du's nicht? Und fragt
Euch selber nicht. Es ist ein Schicksal. Der,
den Ihr so nennt — der ist der Held.

Die erste: Wann wird er kommen?

Orpheus: Wenn Ihr das Spiel vergesst. Wenn
Ihr den Tag den Räuber Eurer bangen Nächte
scheltet, die Ihr nach ihm rufend hinbringt. Wenn
Eure Stimmen sich nicht mehr zum Gesang fügen,
nur zum wilden Rufen. Dann.

Die dritte: Du sahst ihn schon?

Orpheus: Meine Augen blicken ins Weite.
Doch hinter mir, noch in der Ferne, höre ich
den harten Schritt und Panzerklirren vieler, die
kommen. Sie gehen alle erhobenen Hauptes und
der Wind weht in ihren Haaren. Manche haben
den Blick voll Kühnheit und ein Lächeln auf den
Lippen, weil die Kraft in ihren Lenden ist, und
mancher Augen sind wie ein Glanz der Sterne;
einige laufen wie Läufer in der Arena, andere
schlendern langsam den Weg; und wieder sind
welche, die schreien wie Tiere, wenn die Zeit

ist. Doch blicke ich zurück, ist alles still und leer. (Er geht.)

Die drei: Er geht.

Orpheus: Ich komme noch, die Zeit vollenden.

Später Tag in Rosenhecken.

Orpheus: Schlägt dir das Herz, Fräulein? Schlägt es nicht stärker, da aus den Rosen sich der Abend zu dir neigt und dir die rosenbleichen Lippen küsst?

Die erste: Orpheus, sagt, was seid Ihr? Ein Mensch wie andere? Mehr? Ein Gott?

Orpheus: Das bin ich, was du wünschest, dass ich sei. Ich bin dein Wunsch. Weist du, was du wünschest? Du weist es nicht. Dich hat das Leben noch nicht belehrt von seinen Dingen. Du siehst alles noch in einem, und Wünschen das ist Wählen und Verzichten. Du kennst den Schmerz nicht und kennst die Freude nicht — so bin ich deine Sehnsucht nach Schmerz und Freude.

Die andere: Du weckst es auf . . .

Orpheus: Ist es das? Ich bin ein Dichter, ich bin der starken Sehnsucht schwache Stimme. Ihr gebt den Inhalt, ich gebe nur die Worte, auch nicht die Worte! Nur dass ich sie zu einander füge, seht, ich bin das Echo von Eurem Herzschlag, der süsse Hauch nur, der von Euren Lippen strömt. Ein Lehrer bin ich, der die tiefste Weisheit von seinen Schülern lernt. Ihr seid die Schüler, der tiefsten Weisheit Fülle liegt in Euch. Und was ich von Euch lerne ist dieses: Des Blutes Macht und Stärke, Eure Lust, das Meerbrausen, das die Welt umtost, das alles ist und eines, Ihr hört es nicht — Ich lehre Euch das Hören. Ihr seid die Erde, seid das Meer, Ihr seid das Feuer und das kalte Erz, und alles seid Ihr, dem Menschen unverstandene Worte geben . . . . Wie heiss Ihre Hand ist, Fräulein! Gebt, dass ich sie an meinen Lippen kühle . . .

Die eine: Sprich, sprich, lass deine Lippen sprechen, ihr Küssen ist stumm.

Orpheus: Die Fackel brennt noch, warte die Nacht . . . . hörst du den langsam-feierlichen Ton?

Die andere: Das Licht löscht aus.

Die dritte: Die Schatten sinken nieder.

Orpheus:

Es kommt die Nacht mit lockender Geberde,

nun legt sich alle Wollust auf die Erde

und macht die Tagesharte kühl und weich.

Es löschen alle lauten Farben mälig aus,

was nahe war, verrinnt in ferne Weiten

und näher rückt das Ferne, dass das Aug' in

                      Seligkeiten

vergehend nach Zielen sucht und keine findet.

Sehnsucht,

die wacht nun auf zu stärkerem Verlangen

und streckt die Arme, Seeliges darin zu fassen

und seelig muss sie es entgleiten lassen.

Und jedes Wort wirkt stärkere Erregung

so eingehüllt in Nacht, es fällt ins Herz

und rührt zu stärkerer Bewegung

verwirrend allen Sinnes Spur.   Das Wort so

                      nachtverhüllt

wirkt eine That von unverstandner Lust

und Schmerz, nach der Ihr je und je verlangt,

die Ihr Euch wünschet und vor der Euch bangt,

um die wir beten, dass sie uns erfülle
und die wir bitten, dass sie uns nicht tödte.

Die drei: Was thust du, Orpheus?

Orpheus: Gieb mir deine Hand und du die
deine. Du sieh mir in die Augen. Ihr seid so
voller Schatten, welche von anderen Welten
flüstern, längst in Tod zufallen. Ich will Euch
das Geheimnis meines letzten Reichtums schenken.
Macht Hände aus Euren Herzen, dass sie ihn
halten.

(Incipit cantus:)

Ich bete zu dir, Namenlose,
Aus Libitinas Schoss Geborne,
Unendliche,
Göttin der süssen Gifte du!
Alles vergeht.
Wir schmücken uns
und zieren uns
und sterben.
Du bleibst bestehen in allen Wechsel.
Nackt bist du und vornehm.
In Dämmerung geht unser Leben
und seine Früchte sind Staub

Wir stehen am Ende
und unsere Hände sind leer.
Bei dir ist alles.

Wir bringen dir unsere Opfer:
Wir krönen dich mit unseren Schmerzen
und breiten unsere Freuden
ein Teppich unter deine Füsse.
Gering ist Krone und Teppich
und unsere Gebete haben keine Worte,
denn wir weinen, wenn wir beten
und unsere Lippen zittern.

Gieb uns von deinen köstlichen Sünden,
gieb uns von deinen Werken,
die du erfindest
für die Träume derer,
die du liebst.

Wir warten dunkle Stunden
und Tage und Leben.
Wir beten zu dir in Verzweiflung
und bang ist uns vor der Erfüllung
dessen, was wir bitten.

Wir fragen, ob du uns alles,
alles schon gegeben,
ob du uns alle deine Geheimnisse,
ob du deine letzte Nacktheit
schon enthüllt hast.
Wir beten um deine Grausamkeit
die stumm ist wie das Feuer
und blind wie die Nacht.
Binde uns mit den seidenen Seilen
deines Haares
und schlage uns.

Erhöre uns, denn unser Schmerz
ist müde vor Schmerz
und er verlangt nach neuen Schmerzen,
nach Wunden
für unsere Wunden.

Auf unseren Lippen
liegt bleiches Blut,
und unsere Augen wissen nicht,
was sie sehen,
und unsere Hände ballen wir
in Ohnmacht.

Gieb uns Qualen,
dass wir auflachen vor Freude,
gieb uns Freuden,
dass wir aufstöhnen in Schmerzen —
Gieb, dass wir dich segnen können —
Bei dir ist alles.

— — — —

Die eine: Es fiel ein Stern in meinen Schoss.
Die andere: Zwei Hände meine Brust um-
spannten.
Die dritte: Etwas kam und küsste mich ins
Herz. (Eine ganz dunkle Nacht fällt, und
Orpheus geht fort.)

Die drei Fräulein stehen am Parkgitter, das
von der Strasse trennt, und sprechen so:
. Keiner kam die Strasse, den wir nicht ge-
rufen hätten mit unserem Willen, und keiner war,
der nicht kam, da wir mit den Armen winkten.
Manche blieben bei uns von Aufgang bis
zum Untergang, manche weilten länger und
manche nur für eine ganz kleine Zeit.

Doch wie lang jeder auch blieb, es war gleich wie eine Ewigkeit und ein Nichts.

Und alle nahmen nur fort und keiner hat uns etwas gegeben.

Jeder kam wie ein Gott und alle gingen wie beschenkte Bettler. Sie assen unser Brot, und wir hungern, sie tranken unseren Wein, und unsere Krüge sind leer.

Wir können sie mit unseren Thränen füllen.

Der Tag hat kein Licht und die Nacht keine Finsternis mehr für meine Augen. Ich bin müde und kann nicht ruhn.

Wie oft frugen wir uns schon: was sollen wir thun? Wir suchten Trost aneinander und fanden nicht, wir suchten Trost, da wir jedes allein gingen, und fanden nicht.

Wir haben unseren Garten an keiner guten Strasse: es kommen nur Schweinehirten hier vorüber, manche mit einer grossen Herde, manche mit einem einzigen mageren Tier. Aber alle sind sie nur Schweinehirten und ihr Atem hat einen schlechten Geruch und ihre Hände sind voll Schweiss.

Wir wollen hier nicht länger bleiben. Im Staub der Strasse geht nur das Schlechte. Wir wollen ans Meer gehen, und in die Städte, und in die Wälder und auf die Berge, und wir wollen überall hingehen. Einer war einmal hier, der hat eine Kundschaft gebracht von dem Helden, dessen Brust glänzend ist wie die Sonne und der Feuer in den Händen trägt und der zu allen Thüren unseres Leibes die goldenen Schlüssel hat. Wir müssen den Helden suchen gehen.

Ja, wir wollen gehen, gehen und suchen.

Hinauf die Höhe zieht Orpheus und singt. Und seine Stimme schlägt mit ihren Händen an die Strahlen des Mondes wie an silberne Saiten, und es ist ein mächtiges Tönen in der Luft.

Das hört der Bär in seiner Höle, es lockt ihn heraus und er folgt dem Orpheus, tanzend, ein brauner Felsblock. Und zu dem Löwen tönt der Gesang und er lässt seine Einsamkeit und schmiegt sich dem Sänger ans Knie. Und das Tigerweibchen lässt seine Jungen und folgt dem Orpheus.

Aus dem Erdboden kommt das Getier, der Maulwurf, die Schlange und die Eidechse.

Aus dem Walde kommen die ganz Scheuen, das Reh und die Berggazelle und folgen dem Singen. Und aus den Lüften lockt es die Taube und den Geier, die mit langsamen Flügelschlägen dem Orpheus folgen. In den Bergflüssen wenden die Fische ihre Bahn der Quelle zu und ziehen dem Sänger nach, der zur Höhe steigt. Das Meer rollt stärker seine Wellen ans Ufer und die Wolken lassen sich tiefer fallen, und schneller wachsen die Keime zum Licht, dass sie den Zauberer hören.

In der Ferne brennt eine Stadt und die Flammen schlagen zu dem Sänger herüber, der die Flamme singt.

Und die Winde eilen nicht und verweilen, denn Orpheus singt den Sturm. Und über die Erde und hoch in den Himmel klingt das Gedicht.

Es bersten die Gletscher an den Polen und die Palmen in den Oasen rauschen auf. Die

Sterne stehen, und der Mond neigt sich nicht und schneller misst die Sonne ihre Bahn und legt sich rot an den Rand, den Orpheus zu hören. Und nun regt sich auch, was am Ende aller Dinge ist, unter dem purpurschwarzen Mantel. Denn die Lust des Todes singt Orpheus nun, da er die Höhe hinaufschreitet, über die der Mantel gelegt ist wie eine Nacht.

Als Orpheus unter die Höhe des Berges kam, begegnete ihm der Abenteurer, der niederstieg. Von weiten schon lachte der, als er seinen Bruder sah und blieb bei ihm im Vorbeigehen stehen.

Herakles: Fängst du immer noch die Kreatur im Worte ein, Orpheus? Wirfst du die goldenen Netze zum Fang und hältst die zappelnde Beute in die Luft, dass die Mäuler schnappen und sonst nichts fangen als deinen Atem? Treibst du es immer noch? Stell dich in meinen Schatten, dass du das Leben spürst. Wohin mein Schatten fällt, da dampft und raucht die Erde. Gesungen hast du davon, ich weiss es. Wovon sangest du nicht! — Warum schweigst du mich an?

Orpheus: Du bist stark; deine Muskeln zittern vor Stärke und dein Atem ist heiss. Du hast eine mühlose Stärke: es steht kein Schweiss auf deiner Stirne und dein Gesicht wird nicht von Anstrengung gerötet. Aber wo du nicht bist, dort ist deine Stärke nicht; und wo sie war, dort ist sie schon eine kurze Fabel. Du bist stark, aber du bist sterblich.

Herakles: Was kümmert mich meine Sterblichkeit? Hast du mich schon meinem Leben lauschen sehen? Hast du mich, wenn ich müssig war, je die Kinnbacken bewegen sehen, dass ich, was ich zuletzt that, nachkauend geniesse? Ich kenne die Worte nicht, mit denen ich das bezeichnen sollte, was die Lust meines Lebens ist. Und ich mag deine Worte nicht hören; sie langweilen mich mit ihrer Traurigkeit. Denn du gehst und singst von den Dingen und jedes Gedicht ist ein Grablied, das du über dich selber anstimmst. Denn immer stirbt etwas in dir, wenn du redest. Wenn Fäulnis unsterblich ist, dann mag ich es für mich wohl leiden, dass mein Leib hinfällt und sein Blut verschüttet.

Orpheus: So will ich hingehen und mein Blut geben, und doch werde ich ohne Ende sein.

Herakles: Du wirst hingehen und sie werden dein Blut verlangen; denn alles haben sie von dir gesehen, nur dein Blut nicht. Und allen Hunger haben sie von dir bekommen, so wollen sie nun auch ihren Durst von dir haben. Man wird dir das Herz aus dem Leibe reissen.

Orpheus: Und die Lippen meines Herzens werden singen.

Die Stimme eines Gefesselten aus den Wolken:

Gleiche seid Ihr, so streitet Ihr ewig. Ich allein bin der Ungleiche, so sind Fesseln und gefrässige Vögel mein Loos. Ich frug und kümmerte mich und riet und hatte Mitleid. Mein Wille zum anderen war so stark wie das Vertrauen in meine Stärke. Nichts that ich fraglos und sehend waren immer meine Augen. Ohne Rausch war ich und ohne Ruhe, immer bebte mein Herz. Sinn suchte ich und Beziehung und hetzte mich ab in der Jagd nach dem Grunde. Ein Dienender war ich dem Ganzen mit gütiger Brust und ein Tyrann im Geiste, dass sich das Ganze nach meinem Sinne füge und bewege. Und was geschah? Das Leben warf mich auf nackte Felsen und setzte mir zur Verhöhnung dieses Schicksal, dass ich mit meinem Leibe als Nahrung den Vögeln diene, die sich vom Aase nähren.

Orpheus: Willst du ihn nicht von Fels und Geier befreien, Abenteurer?

Herakles: Wozu? Er wird es auch dann nicht lassen können, sich um das Leben zu kümmern, das ihn nichts angeht. Er ist ein Fremder.

Orpheus: Und man würde ihn an ein Kreuz nageln müssen.

Herakles: Er ist das Böse. Lebwohl.

Orpheus: Lebwohl.

Das Ende dieser moralischen Geschichte kennt jeder; da ist nicht viel zu sagen. Die Weiber sind wild geworden: ihre Stimmen sind

heiser vom Schreien und sie beissen sich schon
das Fleisch aus den Schenkeln; aber auch dieses
Blut vermag das Unmass der Begierden und
Lüste, das ihnen der Orpheus gegeben hat, nicht
zu füllen. Was Wunder, dass sie nun den Orpheus
in Stücke reissen? Was sie als Verheissungen
für das Leben nahmen — er konnte sie ihnen
nicht erfüllen; und wer könnte das! Er hat ihnen
ja nichts für das Leben versprochen — hätte er
sonst gesungen? Aber die Drei und die anderen
alle, die oben auf dem Berge rasten, mussten es
so verstehen. In Ahnung ihres Irrtums und doch
noch in der Lust, ihn nicht als Irrtum zu glauben,
zerstückten sie den Orpheus und rissen seinen
Leib auf, das Herz zu suchen. Aber es war
keines mehr da; oder es war nicht dort, wo
sie es suchten; wer kann das wissen. Die
Leier warfen die wilden Weiber ins Meer;
das warf sie irgendwo ans Land und
da fand sie ein anderer. Immer
wurde der Orpheus zerrissen
— aber immer fand wie-
der einer die Leier.

Inhaltsverzeichnis